国家出版基金项目
NATIONAL PUBLICATION FOUNDATION

詩經之女性的研究

謝晉青◎著

山西出版傳媒集團
山西人民出版社

圖書在版編目(CIP)數據

詩經之女性的研究 / 謝晉青著. -太原: 山西人民出版社, 2014.11
(近代名家散佚學術著作叢刊 / 許嘉璐主編)
ISBN 978-7-203-08702-1

Ⅰ. ①詩… Ⅱ. ①謝… Ⅲ. ①《詩經》- 詩歌研究
Ⅳ. ①I207.222

中國版本圖書館 CIP 數據核字(2014)第 205954 號

詩經之女性的研究

主　　編　許嘉璐
著　　者　謝晉青
責任編輯　梁晉華

出 版 者　山西出版傳媒集團·山西人民出版社
地　　址　太原市建設南路 21 號
郵　　編　030012
發行營銷　0351-4922220　4955996　4956039
　　　　　0351-4922127(傳真)　4956038(郵購)
E-mail　sxskcb@163.com　發行部
　　　　　sxskcb@126.com　總編室
網　　址　www.sxskcb.com

經 銷 者　山西出版傳媒集團·山西人民出版社
承 印 廠　山西出版傳媒集團·山西人民印刷有限責任公司

開　　本　700mm×970mm　1/16
印　　張　8.25
字　　數　80千字
印　　數　1—3000冊
版　　次　2014年11月　第1版
印　　次　2014年11月　第1次印刷
書　　號　ISBN 978-7-203-08702-1
定　　價　18.00圓

《近代名家散佚學術著作叢刊》編委會

出版説明

近代名家散佚學術著作叢刊選取一九四九年以後未再刊行之近代名家學術著作共一百二十册，編例如次：

一、本叢書遴選之著作在相關學術領域具有一定的代表性，在學術研究方向、方法上獨具特色。

二、爲避免重新排印時出錯，本叢書原本原貌影印出版。影印之底本皆經專家組審定，原書字體大小，排版格式均未做大的改變，原書之序言、附注皆予保留。

三、本叢書分爲八大類，以作者生卒年編次。

四、爲使叢書體例一致，本叢書前言後記均采用繁體字排版。

五、個别頁碼較少的版本，爲方便裝幀和閲讀，進行了合訂。

六、少數學術著作原書内容有個别破損之處，編者以不改變版本内容爲前提，部分進行修補，難以修復之處保留缺損原狀。

七、原版書中個别錯訛之處，皆照原樣影印，未做修改。

八、所選版本之抽印本頁碼標注，起始至所終頁碼均照原樣影印，未重新編排標注新頁碼。

由於叢書規模較大，不足之處，殷切期待方家指正。

總序／

披沙瀝金，以爲鏡鑒

◇許嘉璐

多年來有一個問題始終在我腦中盤桓：爲什麽在十九世紀末到二十世紀初，在短短的幾十年裏，中國的各個學術領域竟涌現了那麽多大師級的人物？這是中國近代史上一個極爲重要的現象，我認爲，如果不能給出令人滿意的答案，我們撰寫的近代學術史將是不完整的，甚至是缺乏靈魂的。後來我知道，著名人類學家克羅伯曾提出過一個問題：爲什麽天才成群地來？看來這種現象的出現並非中國所獨有，思考其所以然的也大有人在。而在那一次世紀之交中國的情况，似乎應驗了「天才成群地來」這個令克氏久久不解的疑問。錢學森先生曾從相反的方向提出了相同的疑問：爲什麽我們這個時代出現不了杰出人才？後來人們稱這個問題爲「錢學森之謎」。

要回答這些疑問不是件容易的事。與其迅速地囫圇地探尋，不如先多了解那些讓中國近代學術（應該包括人文科學和自然科學）史上閃耀着光輝的大師們的作品和自述，從而在腦海里盡量「復原」他們所處的環境和在那種環境下的心理路徑，從中或許可以得到一些啓示。

有一點是顯然的，這就是他們雖然都已遠離塵世而去，但是他們獨立思考的品性、求知治學的真誠、困厄窮愁中對節操的堅守，恐怕是他們共同的主觀因素，一直影響到現在，而且將會永遠留存下去。

就思想界、學術界而言，二十世紀上半葉是一個新説和舊説碰撞，中學和西學融匯的大時代。那時的學人極爲重視言行操守，同時具備現代知識分子的理想信念；他們的學術研究十分純净，絶少功利因素；他們的視界開闊，以包容的心態和嚴謹的風格造就了成果的大氣與厚重。至於在客觀因素一面，他們實際是在用工業化時代的事實解説着太史公所説的名山之作「大抵聖賢發憤之所爲作」，困厄苦難使得他們「皆意有所鬱結」。這種鬱結，幾乎和個人的名利毫無牽涉，他們永遠不能釋懷的，是民族的存亡、國運的興衰、民衆的福禍和文脈的續斷。

那個時代也是近代歷史上最大規模的中西古今學術調適、創新的時期，學術方法上的交互滲透和融合、創新亦可謂「於斯爲盛」。斯時之學人是要在封閉的屋墻上鑿出窗子的勇士，是使人能夠看看外部世界的第一批導夫先路者；或者可以説，他們是在「意有所鬱結」時「彷徨」和「吶喊」的「狂人」。

相對於那時的哲人們，後來者是幸運兒。現在的形勢是，近三十年來學界空前繁榮，衆多學科有了長足之進，其中很重要的一點是學界有了更新穎、更廣闊的國際視野，似乎接續上了百年前的學壇盛事。但細想想，「古」與「今」還是有差别的。其异，主要不在於世界情勢、學術進展、工具改善這些客觀存在，而在於在廣泛吸收各國優長的同時，自身文化的主體性越來越受到重視，换言之，「拿來主義」已經延長了「拿來」的程序，加上了試用、甄别、篩選、吸收、融合、成長。就我孤陋所見，在當今地球上，面向所有異質文明，努力汲取我之所缺，其範圍之大和心態之切，似乎無出中國之右者。從這個角度説，我們已經超越了前輩。但是事情還有另外一面，學術，特别是人文學科，其職業化、「沙龍化」和功利性，以及隨之而來的浮躁病却嚴重了。從這個角度説，是不是我們已經後退得够可以的了？而這是不是我們這個時代出不了大師的原因之一呢？

民國學術界的特點之一是極爲注重對傳統的反省、批判與繼承。他們對傳統文化盡最大的努力進行整理和研究。一方面，由於戰亂頻仍，民不聊生，學者們擔起了讓中華文化薪火相傳的歷史責任；另一方面，他們要通過對中國傳統文化的整理、挖掘來重振民族自信心。這一時期對傳統文化進行整理的全面而深入是前所未有的，舉凡文字學、語言學、經濟學、法學、哲學、政治制度、書法繪畫、金石學……規模之宏大，研究之精微，令人嘆爲觀止。

民國學術推動了現代學科體系的建立。在對傳統文化整理和研究的基礎上，吸收西方的文化思想和理念，推動和建立了中國現代學科體系。例如，在對語言文字和音韵學成果進行整理、研究的基礎上開始着手規範之，建立了國語學；深入研究書法、國畫，將其融入了現代美術學科；在廢除舊有學制後逐步建立起小、中、大學較完整的科目和學科體系。

民國學術也改變了傳統學術方式，建立了新的研究範式。以現代科學考古爲發端，科研的實踐和成果使中國知識界真正認識到在實驗、比較基礎上的邏輯分析對學術研究的重要，推進了中國學術的一大演變。至於我們常説的打破士大夫傳統、走出書齋到田野鄉村和市民中進行調查研究、結束了經學時代、以歷史眼光檢視儒學和諸子等等，都是確立新學術範式的努力。這一轉變，也標誌着中國學術界脱胎换骨，全面進入了現代，爲此後的學術發展奠定了堅實的基礎。當然，西方啓蒙運動以來，在「現代性」和「現代化」裏潛伏着的缺陷和謬誤也傳到了中國，這些不能不在前哲的著作裏留下痕迹。這並不奇怪。類似的情況，古往今來孰能免之？猶如今天的我們，誰敢自稱我之所見就是永恒的真理？在這個問題上兩個時代所異者，或許就在昔時大家創立新説或譯註西學著作，往往是懷着對學術和前哲的敬畏而爲之，故而常常誤不在我；當今則往往出於對學問和他人的輕蔑，或以所研究的對象爲謀己的工具，因而難辭主觀之咎吧。翻閲他們的心血之作，這些復雜的狀況可以顯見，可以視之爲我們的一面鏡子。

滄海桑田，世事變幻，歷史的動盪和時代的遮蔽，使當年許多大師的一些極有價值的學術著作被棄於故紙堆中，不能不令人有遺珠之憾。爲此，山西人民出版社不惜以數年之艱辛，披沙瀝金，編輯出版這套近代名家散佚學術著作叢刊，凡一百二十册，計文學、史學、政治與法律、美學與文藝理論、民族風俗、宗教與哲學、經濟、語言文獻共八大類別。所選皆爲作者之純學術著作，無論是其見解、精神，抑或是其時代烙印，都是後輩學人可資借鑒的寶貴財富。他們出版這套叢書，意在讓世人不忘來程，知篳路藍縷之不易，爲民族文化的傳承再增薪木。

出版社的初衷，與我近年來所思所慮近似，故願略述淺見於書端，以與策劃者、編輯者和讀者共勉。

二〇一四年七月六日

改定於自安東回京途中

前言／

猛回頭，那支支紅燭

——二十三種民國文學研究著作概覽

◇梁歸智

「視爾夢夢，天胡此醉？於時處處，人亦有言！」

此聯乃北京宣南（宣武門外舊城區）北半截胡同四十一號中「莽蒼蒼齋」楹聯。齋主何人乎？即戊戌變法失敗而捐軀之「六君子」中翹楚譚嗣同字復生號壯飛者也。慈禧太后發動政變，逮捕維新黨人，友人勸譚嗣同逃避，他堅辭曰：「外國變法未有不流血者，中國變法流血請自嗣同始。」乃於一八九八年九月二十四日被捕，繼而遇害於菜市口。臨刑前仍大呼曰：「有心殺賊，無力回天；死得其所，快哉！快哉！」

自此而後，果然爲變法——改變社會制度而流血不止，一九一一年十月十日辛亥革命成功，中國歷史上最後一個封建王朝被推翻，一九一二年一月一日中華民國成立。然餘波未息，新瀾迭起，袁世凱竊國，張勛復辟，北洋軍閥混戰，國民黨軍北伐，中國共産黨成立，國共争鋒，時而合作，時而破裂，日本入侵，八年抗戰，勝利後繼以三年内戰，終於以一九四九年十月一日建立中華人民共和國而告一大段落。

從一九一二年一月一日到一九四九年十月一日，凡三十八年，此即「民國」時段也。

三十八年過去，彈指一揮間。戰焰紛飛，生靈涂炭，歷史真是「相斫書」！而文明的燭火，點點簇簇，飄曳閃爍於如磐夜氣之中，雖遭暴風，遇疾雨，而終不熄不滅。其中最具象徵性的事件，乃一八九七年二月二十一日在上海成立之商務印書館，於一九三二年一月二十九日遭日本侵略軍針對性轟炸，占全國出版量百分之五十二的出版巨頭損失一千六百三十萬元，百分之八十以上資產被毁，其所屬東方圖書館同時被炸，四十五萬册圖書化作劫灰，其中有無數古籍善本、孤本！日軍侵滬司令鹽澤幸一狂吠：「炸毁閘北幾條街，一年半就可恢復，只有把商務印書館、東方圖書館這個中國最重要的文化機關焚毁了，牠則永遠不能恢復。」而劫難後的商務印書館，懸掛出「爲國難而犧牲，爲文化而奮鬥！」的巨幅標語，經半年即宣告復業，實現了「日出一書」的奇迹。

由於歷史演變的吊詭，民國時期的出版物，在一九四九年以後的中國大陸，大多數遭遇了被遺忘的命運，沉埋於少數圖書館的塵封角落。斗轉星移，時來運轉，二十一世紀進入了第二個十年，山西人民出版社推出這套叢書，遴選民國出版的若干學術精品，分學科編纂，蔚爲盛事大觀。此分卷是對中國文學（主要是古典文學）的研究，共二十三種。下面對這二十三種書籍作一個概覽性的介紹。

先看這些書的作者。生年不明者毋論外，出生最早的當屬韓柳文研究法的撰者林紓，他誕生於一八五二年（清文宗咸豐二年），卒於一九二四年（民國十三年——一九一二年爲中華民國元年）。出生最晚的是陶淵明批評的作者蕭望卿，誕生於一九一七年（民國六年）。這二十位作者中，一些是後來成爲大家的著名人物，林紓之外，有大學者徐珂、章太炎、陳寅恪、呂思勉、陸侃如、周貽白、趙景深，著名作家蕭乾等。此外的作者，則屬於有一定學術建樹或僅留下少量著述的文化人。

從作品看，這二十三種著作有某一種文學或某個人作品的分論，如詩經之女性的研究、曹子建詩的研究，也有某一長時段的文學史或文藝理論性質的概説，如清代詞學概論、中國戲劇小史。其中陸侃如三種，趙景深兩種；而陳寅恪和蕭望卿的兩種著作研究對象相同而又篇幅短小，合爲一册；陸侃如有兩種合爲一册。故，這裏一共有二十位作者的二十三種著述，却是二十一册文本。

分册介紹述評，是按照著作内容所關涉之中國文學史發展綫索的先後爲序？還是以研究者的情况或者書册的寫作出版先後爲序？却是一個頗讓人躊躇的問題。因爲近四十年的民國，正是中國社會從傳統向近現代激烈轉型的時段，不僅作者的思想認識，書册的觀點立場，而且連書寫的語言文風，都存在鮮明的古今遞嬗演變的痕迹。經考量，决定采取折衷的立場，即基本上按照文學史發展的脈絡綫索，先概説性著作，後專題性研究，同時顧及其他因素，將徐珂、林紓、章太炎的三種以文言文表述的著述放在最後予以推介月旦，也算是對横跨清王朝與民國兩代之文化先驅者的致敬。

中國文學小史，作者趙景深，生於一九〇二年，卒於一九八五年，主要以元雜劇、宋元南戲和古典小説的輯佚考證而名世，代表性著作爲曲論初探、宋元戲曲本事、宋元南戲考略、中國小説叢考等。這本中國文學小史是他二十多歲時的作品，上海的大光書局出版，後再版重印，達二十次之多。他於一九三六年寫「十九版序」，這樣説道：「十年前，我跟隨着新文學浪漫運動的巨潮向前推動，當時我充滿了熱情和詩趣，喜歡説一點帶有情感的話，喜歡像做詩一樣的寫文章。……也許讀者們這樣的愛讀這本小書，使牠達到十九版，清華大學入學考試且曾指定此書爲唯一的參考書，大約都是爲了牠使人讀起來不至於十分頭痛吧？」

以西方的學科意識而撰述「中國文學史」，二十世紀以始，共有數百本。第一本中國文學史爲何人所寫？或曰英國人，或曰日本人，或曰俄國人。中國人自己最早撰寫的中國文學史，一般認爲乃林傳甲一九〇四年撰中國文學史，黄人（黄摩西）亦於同年撰同名之書。林著是在當年之京師大學堂即後來之北京大學撰成，黄著是在當年之東吴大學即後來之蘇州大學撰成，歷史演變的軌迹斑斑俱在。趙景深的這本「小史」，名副其實，牠篇幅很小，如作者自表，「我只是寫一本中國文學的常識；或者，我是在説一個故事」。其特色不在學術含量的全備高深，而在簡略概約，蜻蜓點水，却時見談言微中；同時文風清麗活潑，很適於普及。

中國文學小史凡三十五節，第一節「緒論」，第二節「詩經」，第三節「屈原宋玉」，第三十四節「清代的詩文」，第三十五節「最近的中國文學」。從詩經、楚辭始，司馬相如和司馬遷，曹氏父子，陶淵明與謝靈運，唐詩，宋詞，元曲，明清的小說、傳奇和詩文，面面俱到，而最後一節，更有聞一多、汪静之等的詩歌，郁達夫、魯迅等的小説，田漢、丁西林等的戲劇，周作人、朱自清等的散文等。

比起今日的文學史經典著作，此書自然不可能在材料的全備準確和學理的系統精深方面爭勝，但其特色也頗堪注目，即那時還没有後來的一些教條框架，因而一些説法能讓人眼前一亮，細想也頗堪玩味。如論到李白和杜甫的同異，這樣對比：

李白：南方化、仙品、出世、浪漫、受道家影響、才、情、樂自然；

杜甫：北方化、聖品、入世、寫實、本儒教見地、學、性、泣時事。

與後來的經典化定位大同小異，而更加言簡意賅，同時還有一些生動的表述，如這樣談論李白：「我們也曾想像到一個眸子炯然，腰束玉帶，身穿宫錦袍，在采石磯邊狂歌於船頭的詩人麽？這便是天才豪放的李白。」後面對李杜的「優劣」也一語到位：「李白是樂天的，杜甫是悲觀的。」「他們兩人作風如此不同，當然我們不能分出優劣來。」比起一九四九年以後幾部文學史的某些教條化論述，以及郭沫若的李白與杜甫之立場偏頗，民國時期學人的思想自由客觀公允躍然紙上。

詩經之女性的研究，謝晉青著。此書曾作爲商務印書館「國學小叢書」、「萬有文庫」而數次出版重印。謝氏生於一八九三年，卒於一九二三年，乃日本留學生、南社社員，另有譯著西洋倫理學史（原作者日本人三浦藤作）。詩經之女性的研究共十節，其實就是對十五國風裏的女性題材特別是愛情婚戀詩歌的思想與藝術分析評價。其「緒論」說：「我這次是想在詩經中，發掘古代婦女問題的，並不是做考據底工作，在意義方面，我們總以詩底本義爲歸宿；那些不可靠的誤解，我們一概不取。在藝術方面，我們總以普遍而真摯的平民主義爲歸宿，那些不自然的附會穿鑿，我們也一概排斥。」「結論」則總結說：「詩經底十五國風，原來存詩一百六十篇，其中經我認爲有關婦女問題的，共計八十五篇。這八十五（篇）詩，若再依性質來區別，那就是：最多的爲戀愛問題詩，其次即爲描寫女性美和女性生活之詩，再其次就是婚姻問題和失戀問題底作品了。爲什麼戀愛問題底作品，占最大的數目呢？這就因爲兩性問題，是在人類生活上，占最重要的地位底證據。」

此書的許多具體分析賞鑒相當細緻，頗能體現民國以來西方推崇女性張揚人性思潮對古典文學研究的影響，一九四九年以後中國文學史中的相關評述，傾向立場，實承其緒。

有關楚辭的著作，共選有兩種：陸侃如屈原與宋玉、何天行楚辭作於漢代考。

陸侃如，生於一九〇三年，卒於一九七八年，是二十世紀五六十年代中國著名古典文學專家，他與夫人馮沅君合著之中國詩史是開創性的著作。此外撰有樂府古辭考、陸侃如古典文學論文集、中國文學史簡編、中國古典文學簡史，及與高亨合著楚辭選，與牟世金合著文心雕龍選譯、劉勰論創作、劉勰與文心雕龍等。屈原與宋玉是在他的處女作屈原、宋玉基礎上整合而成，却也算得上這一研究領域初具規模的「集大成」之作。書共六節：一、引論；二、屈原的生平；三、屈原的作品；四、宋玉的生平；五、宋玉的作品；六、餘論。最後列「參考書目」，自王逸楚辭章句、洪興祖楚辭補注、朱熹楚辭集注以下凡四十種。可以說，後來關於楚辭研究的許多重要問題都已經有所體現或涉及，算得上是此領域近現代研究的一冊早期代表性著作。

楚辭作於漢代考的作者何天行生於一九一三年，卒於一九八六年，對浙江遠古文化——良渚文化的發掘考證有重要貢獻，出版有杭縣良渚鎮之石器與黑陶，是著名的考古學著作。楚辭作於漢代考受當時顧頡剛疑古學派的影響，論證楚辭各篇皆作於漢代，離騷的作者是淮南王劉安。這種觀點是楚辭研究中的一家之言，後來朱東潤也持相近觀點。楚辭作於漢代考的寫作曾受到蔡元培的鼓勵，完成於抗日戰爭發生前夕，作爲一種歷史痕迹，於楚辭學的演變具有參考價值。

漢代詞賦之發達，商務印書館一九三五年出版，其作者金秬香，生平待考，他另有駢文概論一書，爲商務「萬有文庫」第一集中叢書，則金氏乃當時知名文化人無疑。漢代詞賦之發達共十章，對漢賦作了比較全面的考察研究，其第一章「辭字之解釋」辨析「辭」與「詞」字義語源的來龍去脈，認爲「楚辭漢賦」中「辭」應作「詞」，故全書行文，皆稱「詞賦」。其後各章，對「賦字之定義」、「詞賦之源流」、「詞賦之作用」、「詞賦之分析」、「漢代詞賦之所由盛」、「漢代詞賦之所由衰」、「漢代詞賦發達之原因」、「漢代詞賦之種類」、「漢代詞賦之變遷」分別討論，漢代重要詞賦作家作品多已涉及，全書行文爲淺近文言。由於詞句多古僻，深入研討漢賦者歷來不多，此書可視爲漢賦研究的早期圭臬。

陸侃如樂府古辭考，完成於一九二五年，商務印書館一九三〇年出版，堪稱是對漢樂府研究的開山之作。共八章，依次爲：一、引言；二、郊廟歌；三、燕郊歌；四、舞曲；五、鼓吹曲；六、橫吹曲；七、相和歌；八、清商曲。序例有云：「樂府是中國文學史上很重要的材料。但是研究起來，較詩經楚辭爲難，因爲没有適當的參考書。……近來研究詩經楚辭的人很多，但很少有人研究樂府的。這本小冊子的問世，便是希望能引起讀者對於樂府的興趣，大家來作湛深的研究，使樂府的真價值不致永久的湮没。」雖是「小册子」，而能於漢樂府爬梳史料，清理源流，辨析考鑒，確有開闢之功，後來的研究者，實受其惠。

此册還另有陸侃如的一篇論文左思練都考，北京大學出版部一九四八年出版，乃對西晉詩人左思撰寫三都賦構思十年的傳統説法提出异議，認爲「事實上三都賦的構思恐怕超過二十年」，引證古籍，分析辯駁，是一篇專門的考證文章。

原廣州師範學院院長陳一百，生於一九〇九年，卒於一九九三年，是一位教育家。其所著曹子建詩研究於一九四〇年由上海三通書局出版，一九七一年香港大地出版社再版。書分上下篇，上篇包括曹植傳略、曹子建集的傳本考略、曹植詩歌的情感、後世諸家對曹植的評論；下篇兩部分，分別是曹植詩選讀和曹植樂府選讀，文末附有清代學者丁晏的魏陳思王年譜。此書也算對曹植其人其詩的一種早期研究的痕迹，可供後來者借鑒參考。

陶淵明之思想與清談之關係、陶淵明批評二書篇幅不大，故合爲一册。前者爲陳寅恪的一篇論文，燕京大學哈佛燕京社一九四五年出版；後者爲蕭望卿著，開明書店一九四七年出版。陳寅恪生於一八九〇年，卒於一九六九年，是名震遐邇的文史大師，毋庸多介。蕭望卿生於一九一七年，卒於二〇〇六年，曾先後於西南聯大和清華大學深造，並與聞一多、朱自清、沈從文等大家交往密切，一九四九年後任教於河北師範學院中文系，述而不作，僅有此陶淵明批評傳世。

陶淵明之思想與清談之關係不愧名家名作，條理清明，言簡義豐，實爲後世研陶之先驅。文章首先追溯從漢末、魏到晉的「清談」之風，「然則當時諸人名教與自然主張之互異即是自身政治立場之不同，乃實際問題，非止玄想而已」。「略述淵明之前魏晉以來清談發展演變之歷程既竟，兹方論淵明之思想，蓋必如是，乃可認識其特殊之見解，與思想史上之地位也。」再討論陶淵明與佛教徒慧遠等頗有交往，而其思想不染佛風，乃因爲「蓋其平生保持陶氏世傳之天師道信仰，雖服膺儒術，而不歸命釋迦也」。同時，陶淵明「自以曾祖晉世宰輔，恥復屈身異代」，他的「自然」思想，「與當日實際政治有關，不僅是抽象玄理無疑也」。

最後論定陶淵明作爲思想家的崇高地位：「淵明之思想爲承襲魏晉清談演變之結果及依據其家世信仰道教之自然説而創改之新自然説。……不似舊自然説之養此有形之生命，或别學神仙，惟求融合精神於運化之中，即與大自然爲一體。……故淵明之爲人實外儒而内道，捨釋迦而宗天師者也。推其造詣所極，殆與千年後之道教採取禪宗學説以改進其教義者，頗有近似之處。然則就其舊義革新，『孤明先發』而論，實爲吾國中古時代之大思想家，豈僅文學品節居古今之第一流，爲世所共知者而已哉！」

陶淵明批評共三章：陶淵明歷史的影像、陶淵明四言詩歌論、陶淵明五言詩的藝術。這本書是文學史角度的陶淵明專論，與陳寅恪的思想論合而觀之，可謂陶淵明的「全影」，一九四九年後陶淵明研究的輪廓理路，其實皆在其籠罩之下。

此書前有朱自清的序，言短義豐，對陶淵明批評的價值貢獻，可謂已經説盡。陶淵明「詩最少，可是各家議論最紛紜。考證方面且不提，只説批評一面，歷代的意見也够歧異够有趣的。本書『歷史的影像』一章頗能扼要的指出這種演變。在這紛紜的議論之下，要自出心裁獨創一見是很難的。但這是一個重新估定價值的時代，對於一切傳統，我們要重新加以分析和綜合，用這時代的語言，重新表現出來。本書批評陶詩，用的正是現代的語言，一鱗一爪的，雖然不是全豹，表現着陶詩給予現代的我們的影像。這就與從前人不同了。」「本書二三章專論陶詩的作風和藝術，不厭其詳。從前人論陶詩，以爲『質直』『平淡』，就不從這方面鑽研進去。但『質直』『平淡』，也有個所以然，不該含胡了事。本書詳人所略，便是這方面的努力。」「陶淵明的創獲是在五言詩。本書説『到他手裏，才是更廣泛的將日常生活詩化』，又説他『用比較接近説話的語言』，是很得要領的。」「歷來評論者推崇他的五言詩，因而也推崇他的四言詩，那是有所蔽的偏見。本書論四言詩一章，大膽的打破了這個偏見，分別詳盡的評價各篇的詩。」

陶淵明之思想與清談之關係用文言行文，簡潔清雅；陶淵明批評則是生動活潑的白話文，沒有一九四九年後的八股教條氣味。今天的人閱讀起來，也感到很親切的。

唐代文學史，陳子展著。陳氏生於一八九八年，卒於一九九〇年，一九三三年起一直任教於復旦大學，以詩經直解、楚辭直解名世。唐代文學史於一九四四年由作家書屋（姚蓬子在上海開的書店）出版，一九四七年重印，共八章，分別是：一、説到唐代文學；二、初唐詩人；三、盛唐詩人；四、中唐詩人；五、晚唐詩人；六、古文運動；七、唐人小説；八、晚唐五代詞人。對整個唐代文學，作了梳理概述，篇幅不長，內容全面，可以視爲後來中國文學史唐代文學部分的早期代表作。其中的説法，今天看來自然不新鮮，放在當年的時代背景下，則頗可稱道。如論李白與杜甫的優劣：

> 可見一個肯自命爲狂者，一個不諱言爲腐儒。一個抱超世主義，源於道家思想；一個抱淑世主義，源於儒家思想。一個幻想超昇仙境，一個不忍離開君國。總之，他們的作品都是他們自己生命純真的表白。
>
> 大抵李杜於詩的手法上，一個側重自然，一個側重雕飾。風格上一個豪放飄逸，一個沈（即「沉」）鬱頓挫。各有各的價值，各有各的生命。

商務印書館「國學小叢書」有顧彭年杜甫詩裏的非戰思想，一九二八年出版，一九三三年重印，據作者序言，書完稿於一九二五年。商務印書館「萬有文庫」中又有顧氏現代歐美市制大綱一書，一九三〇年出版。此外知道他從事過新體詩的翻譯與創作，其餘生卒年和生平等則概不清楚。杜甫詩裏的非戰思想共五章加一個附録：一、緒言；二、杜甫傳；三、杜甫的時代；四、杜甫以前及他同時代的反對戰爭的思想與作品；五、杜甫詩的非戰思想；附録：杜甫時代重要之戰争與叛亂年表。

杜甫爲「詩聖」，杜詩乃「詩史」，歷來研究繁夥。此書以「非戰思想」爲中心主題，表現出明顯的時代印記。如作者自序中所云：「迨江浙戰争發生後，作者對於戰争的惡魔的面龐益認識清楚，這位大詩人的非戰作品，也就愈加湧現在我的腦際了，但因戰争的驚擾，屢次遷徙，心如蝴蝶，如浮萍，飄蕩無定，不克專心於此，直到逼近年節，始把牠修改好，字數已比初稿增加了一倍以上。」今日之杜甫研究成果已經汗牛充棟，而此册小書，仍於讀者開卷有益，在於戰争之兇惡痛苦，人類仍未能完全消弭避免。而此書感同身受的寫法，就不僅是一本研究著作的影響了。其緒言末段的感慨最能傳達不以時代變遷而更改的情愫：「我們所處的時代與杜甫的時代有不少的地方相類似；環境的艱險比他的有過之無不及；我們的兄弟，所流的血泪，所受的凌辱與壓迫與騷擾，比他的時代的人更甚；但當今能代表時代的作品有幾？能真切的表現自己所處的環境的佳制有幾？具有完整，聖潔，毅勇，偉大的人格而爲民衆呼吁的詩人安在？」

唐人詩中所見當時婦女生活，作家書屋一九四七年出版。作者劉開榮，一九三五年考入金陵女子文理學院中文系，一九四一年畢業，一九四三年完成此書。劉開榮後來又去燕京大學歷史系深造，在陳寅恪指導下完成唐代小説研究，一九四七年商務印書館出版，一九五〇年再版，一九五三年三版，臺灣亦曾三次重版。

唐人詩中所見當時婦女生活書前除作者自序外，尚有華西大學華西週刊主編陳國樺序、陳中凡序及華西大學英文系外教費爾樸序。陳國樺序末署「（民國）三十二年二月十二日序於華西大學」；陳中凡序末署「民國三十二年一月二十五日」、「成都華西壩廣益學舍」，費爾樸序末署「一九四三年春」、「於四川成都」，而劉開榮自序末署「（民國）三十二年一月二十二日於華西壩」，是則其時劉開榮與陳中凡俱任教於華西大學。書之正文共九章：一、引論；二、勞動婦女（上）；三、勞動婦女（下）；四、民間一般婦女的日常生活；五、民間一般婦女的精神生活；六、妓女生活；七、宫庭婦女及貴族婦女生活；八、女冠子生活；九、結論。

陳國樺序有云：「處在中國抗建（即抗戰與建設——引者）的現階段，如欲建設新中國，必須動員二萬萬多女同胞的力量，共同參與偉大的建設工作。著者劉開榮君寫成此書，實無异提出婦女解放的問題，請大家重新加以嚴肅的考慮，因爲唐代的婦女生活，又何異於現代的婦女生活呢？」

陳中凡序則説：「我以爲此文可以作爲唐代婦女史看。因爲我國古代史家專紀帝王名臣的史績，至今中國史書有帝王家譜之譏。社會上廣大群衆反被擯於史書領域以外，真是憾事。今讀此文，方知道史家所忽略的東西，詩人乃一唱三歎，反復申詠。只要後人加以探討，就可以把當日被壓迫的一般婦女實際情形，畢露無遺。」

費爾樸序（英文，劉開榮譯成漢語）贊美：「本書作者劉開榮女士，本人會詩，也善爲富有詩意的散文，可以説是給近代的文學寶庫添上了一幅生動的圖畫——一幅女人的美麗的夢景。『唐代的光榮』不但包括有金漆的畫棟和迴廊，光彩奪目的瓷器，以及吴道子的山水名畫，并且有琳琅滿目的辭林文苑，裏面活躍地呈現着宫庭裏莊嚴的婦女，也舞動着詩人們生花的筆尖。」

劉開榮的自序中則如是說：「本書的目的，不是要研究某一人某一事，而是要像一個攝影專家，把唐人詩中所反映的當時婦女生活的斷片，一一剪下來，拚在一起，使人一看便可得到一個個鳥瞰。所以凡能對當時的婦女生活，給一綫光明或一絲暗示的詩料，作者都不肯割捨。尤其關於佔有人精神生活一大部份的兩性間的言情談愛的記載，作者更要把它赤裸裸地呈現在讀者的面前，讓讀者進到他們的精神世界裏面去，不再襲用以往的成見，把君臣的關係拉扯上去，加以牽强附會的解釋了。」

可見這册書，無論作者與評者，都更注重其對「新婦女觀」的弘揚，而於唐代文學研究的價值反而在其次。劉開榮身爲女性，於有關女性的詩作更容易心有戚戚焉。這自然也受當日西學日漸張揚女權等社會情境、時代風氣和思潮的影響。今日的讀者，則更注重其學術層面的價值。如陳汝潔說：「有人説劉開榮的這本書實踐了陳寅恪先生的『以詩證史』的思想，我仔細讀了之後，覺得劉著與陳寅恪先生的元白詩箋證稿相比，還是差别較大的。陳著箋釋元白詩，往往證之以史籍，能使人明了詩中所寫何者爲史實何者爲虚構。在陳來説，『以詩證史』又何嘗不是『以史證詩』。而通過『以史證詩』所揭示出的元白詩中的今典，對讀者理解元白詩具有重要作用。以注釋來說，能注出今典比注明古典難度要大。寅恪先生在元白詩箋證稿中揭示了大量今典，因難能而可貴。而劉著在全書中很少涉及當時的史籍，所以讀後讓人覺得是她從全唐詩中分類披檢關乎婦女詩作，費了不少工夫而欠了一點功力，無法望陳著項背。但劉著是一部有趣的書，她把唐詩中關於婦女的詩作檢索、排比出來，讓人知道唐詩中的這一類。倘若她能够進一步讓讀者知道詩中所寫的這些婦女生活，哪些合於唐代史實哪些是詩人虚構，那該多好！不過，從書名來看，她大約認定唐代詩歌中所寫即是當時社會中所有，真的嗎？我認爲這需要證明。」

清代婦女文學史，一九二七年二月中華書局初版，一九三二年十二月再版，廿七萬五千字。作者梁乙真，河北獲鹿人，生於一九〇〇年，一九二五年後就讀於上海南方大學，卒年及生平不詳。除清代婦女文學史外，尚著有中國文學史話、中國民族文學史、中國婦女文學史和元明散曲小史。

清代婦女文學史共列舉了漢、滿閨閣名媛、娼門、女冠、難女、乞丐女性作者三百餘人。内容目録爲：第一編明清兩朝婦女之極盛時期；第二編清代婦女文學之極盛時期（上）；第三編清代婦女文學之極盛時期（下）；第四編清代婦女文學之衰落時期；第五編清代婦女文學雜述。

書前有王蘊章序、王燦芝序和自序，書末附録清代婦女著作家表及人名索引。此書受謝無量中國婦女文學史啓發和影響，但後來居上。王蘊章和王燦芝都給予較高評價。當代女性文學研究者也頗加青目，評論其重視女性張揚女權的思想意義高於文學史意義。所謂二十世紀三部女性文學史梁乙真居其二。

宋代文學，吕思勉著。吕氏生於一八八四年，卒於一九五七年，是著名歷史學家，其中國通史、秦漢史、讀史札記等都是史學名著。這册宋代文學一九二九年由商務印書館出版，共六章，分别是：一、概説；二、宋代之古文；三、宋代之駢文；四、宋代之詩；五、宋代之詞曲；六、宋代之小説。

此書行文用淺近文言，梳理宋代各體文學的代表作家、演變發展脈絡相當全面，可視爲宋代文學史的早期代表作。其觀點議論，具有二十世紀早期的清明樸實，非如後來受各種所謂「範式」拘限者。如論三蘇之文：蘇洵「筆力堅勁，自以老泉爲最。然老泉好縱横家言，恒以權譎自喜，而其言實不可用。故其議論，多有不中理者」。蘇軾「則見解較老泉爲高。雖亦不脱縱横之習，然絶去作用處，時或近於道家。非如老泉一味以權術自矜也。尤妙在能以明顯之筆達之。晚年文字，則心手相忘，獨立千載」。蘇轍「氣象不如其父兄之雄奇；才思横溢，亦非乃兄之敵。然議論在三家中最爲平正，文亦較有夷然澹蕩之致，則亦非父兄所能也」。宋代文學專設駢文一章，也是後來的文學史一般所忽略的。

中國詞史大綱，胡雲翼著。胡氏生於一九〇六年，卒於一九六五年，曾於中學、大學任教，後爲上海中華書局、商務印書館編輯，於唐宋詩詞研究深湛，有宋詞研究、宋詩研究、宋詞選、唐詩研究等著作行世，影響頗大。中國詞史大綱，北新書局（創立於北京，後遷上海）一九三五年出版。此書分兩編，第一編爲「唐五代詞」，共九章，第二編爲「北宋詞」，共十四章，共録詞人凡五十七家。

此書爲近代意義上對詞這一形式溯波追源之較早學術著作，也可以説是研究宋詞的早期經典。其論詞與詩之區別云：「長短句的歌詞在文人的社會裏確立以後，牠的發展漸漸地把不甚協樂的律絶詩壓倒了。我們看樂曲裏面的長命女、烏夜啼、漁夫詞、長相思、江南春、步虛詞、鳳歸雲、離別難、金縷曲、水調歌、白苧等調，最初都是用五七言絶句歌詞，後來都改用長短句的歌詞了。中唐詩人還有寫律絶詩給樂工伶妓們去唱，到晚唐竟失掉歌詩之法，只有長短句的歌詞了。這不顯明的是：長短句的歌詞藉着在音樂上的便利，把整整的歌詩打倒了嗎？」詞的興盛在音樂這一歷史的核心問題，如此明白曉暢地揭示了出來。

詞的歷史分期，此後的文學史，都以中國詞史大綱的説法爲準，如北宋詞的演變：「歷史的發展，則可分爲四個時期：第一個時期是小詞的時期，以晏殊、歐陽修、晏幾道諸人爲主幹；第二個時期是慢詞的時期，以柳永、秦觀諸人爲主幹；第三個時期是詩人的詞的時期，以蘇軾、黄庭堅諸人爲主幹；第四個時期是樂府詞復興的時期，以周邦彦、李清照諸人爲主幹。」與後來的文學史相較，中國詞史大綱没有「婉約派」「局限於個人趣味」，「豪放派」「關注國家社會」「積極入世」一類意識形態評論語言，更顯學術性的單純。

趙景深著宋元戲文本事，北新書局一九三四年出版，但其完成於一九二三年六月。這是對宋元南戲研究的筆路藍縷之作，其開闢之功永耀史册。作者在自序中説：「這一本小書的目的是想把已佚的宋元戲文輯録出來，作爲研讀中國文學的一個參考；爲了恐怕專載佚文太枯燥，斷簡殘篇湊在一起也令人有丈二金剛之感，於是也附一點本事，把殘文貫串起來，使得讀者看這一本書不像是摹（即『摩』）挲古董，而像是在讀幾篇很有趣味的短篇小說。」

書共九章，輯自南九宮譜、新編南九宮詞、雍熙樂府、九宮大成南北詞宮譜，內容包括：一、王煥和王魁；二、陳巡檢梅嶺失妻；三、四種戀愛戲文；四、王祥卧冰；五、黄周兩孝子；六、江流和尚；七、僅存三五曲的元代戲文；八、僅存兩曲的元代戲文；九、僅存一曲的元代戲文。

中國戲劇小史，周貽白著。周氏生於一九〇〇年，卒於一九七七年，是著名中國戲曲史家和中國戲曲理論家，還曾經創作並演出話劇作品三十部上下。他首先提出並詳細論證中國戲曲的三大聲腔源流——崑曲、弋陽腔和梆子腔，厥功甚偉。他於一九三六年出版中國戲劇史略和中國劇場史（商務印書館），中國戲劇小史乃在前二書基礎上再加補充修訂，於一九四六年由上海的永祥印書館印出。後來又出版中國戲劇史（一九五三）、中國戲劇史講座（一九五八）、中國戲劇史長編（一九六〇），以及遺著中國戲劇發展史綱要（一九七九），都是以中國戲劇小史爲基礎的。

中國戲劇小史共八章：一、中國戲劇的形成；二、唐宋的戲劇；三、南戲與北劇；四、明代戲劇的概况；五、崑曲與亂彈；六、皮黄劇的勃興；七、文明戲與話劇；八、中國戲劇前途的展望。今天的讀者，要了解中國戲劇發展的歷史，當然有後來居上者的書可讀，但前驅者的貢獻也是不容抹殺的。中國戲劇小史的意義就在這裏。

中國小說的起源及其演變，正中書局（陳果夫一九三一年創立於南京）一九三四年出版，作者胡懷琛。胡氏生於一八八六年，卒於一九三八年，一九三一年被聘爲上海市通志館編纂。他搜集整理一批上海地方史志珍貴資料，卓有貢獻。其藏書以詩文集和課本爲特色，如三字經、百家姓、千字文、千家詩等，收集齊全，劉鶚稱其爲「三百千千」。收集外文書籍和少數民族作者的漢文詩集一千餘種，可惜其藏書在抗戰時多半被日寇炸毀。一九四〇年，其子胡道静將殘餘之書捐獻給了震旦大學。

中國小説的起源及其演變共六章：一、本書説到的範圍；二、小説的起源及小説二字在中國文學上的涵義之變遷；三、中國小説「形」的方面的演變；四、中國小説「質」的方面的演變；五、現代小説；六、研究中國小説參考的書目。第一章開宗明義：「本書所講的，只有兩件事情如下：（一）是中國小説的起源，與小説二字涵義的變遷。（二）是中國小説的演變，並現代小説的標準。」

研究小説者歷來推崇魯迅的中國小説史略和胡適的中國章回小説考證，那自然是開山的典範之作。其後錢静芳小説叢考、蔣瑞藻小説考證等也都功力深湛，卓然有成。本書算得上是一册史論相結合的小説研究著作，在中國小説研究的歷史進程中，雖然不如上述幾種著作那麼經典，却也有其歷史的價值和意義，從「可讀性」來説，則更占優勢。如此書説到中國小説的歷史變化，通俗易懂而能切中肯綮：「由古代的傳説在口上，演變成寫在紙上，這是一變。宋代的説話勃興，這是第二變。宋人的話本，由説給人家聽的，變爲直接給人家看的，這是第三變。紅樓夢、儒林外史等，只是寫的，不是説的，這是第四變。然而『説』和『寫』，仍是同時候存在的，決不是變成後者，前者就消滅了。只不過互有盛衰而已。」

此外説到的一些情況，也頗能讓我們對於歷史的演變，有一種親切的感知。如：「在民國前一二年，有周作人譯的域外小説集，是用文言譯西洋的短篇小説。不過是大失敗了。這失敗並非域外小説集自身不高明，只是和那時候的讀者程度相差太遠。第一不歡喜讀這種無頭無尾的短篇小説，第二不歡喜讀平淡無奇的故事，第三不歡喜這種比較生硬而樸質的文言。結果，這部書當時幾乎没有人知道。」

書評研究，商務印書館一九三五年出版。作者蕭乾生於一九一〇年，卒於一九九九年，是著名翻譯家、作家、富有傳奇色彩的二戰記者，畢業於燕京大學新聞系，後去英國劍橋大學任教並讀碩士學位，一九四三年領取了隨軍記者證，正式成爲大公報的駐外記者，也是二戰時期歐洲戰場的唯一中國記者，一九九五年中國作家協會授予其「抗戰勝利者作家紀念碑」榮譽。三百二十萬字的蕭乾文集包括小説、散文、特寫、回憶録等，譯作莎士比亞戲劇故事集、好兵帥克以及與夫人文潔若合譯的尤利西斯等更是影響巨大久遠。

隨着近現代出版業的發展，書評也逐漸增多，但對這種新型的文學批評樣式作正式的研究，書評研究可以説是拓荒之作。書共八章：一、序論；二、書評家；三、閲讀的藝術；四、批評的基準；五、批評的藝術；六、書評的寫作；七、書評與讀書界；八、附録。此書的核心思想是，書評是有益於社會的嚴肅工作，書評家是具有特殊身份的知識者，代表讀者的鑒定者，文化生産的監督人，而不是庸俗、獻媚的商業廣告商。如：「一切批評都必須基於清澄的理解。批評的公允實即理解深澈的反映。」「書評家寧可改業廣告，永不可用批評的地位作兜售的營生。」「對讀者他服務，却也不侍奉如奴隸。他把讀者看成智力的平等者。他並不武斷地强迫讀者接受他的意見，也不賣弄學問如一塾師。讀者的好惡是受風氣支配的，但他不追隨那風氣，他不固執，却有信仰。」無疑，即使在今天，書評研究仍然有牠的現實針對性和意義。

清代詞學概論，上海大東書局一九二六年出版。其作者徐珂生於一八六九年，卒於一九二八年，爲光緒舉人，袁世凱天津小站練兵時的幕僚，一九〇一年任上海外交報、東方雜誌編輯，後爲商務印書館編輯，其所編纂的清稗類鈔是享譽學林的文史巨著。

清代詞學概論共七章：一、總論；二、派别；三、選本；四、評語；五、詞譜；六、詞韵；七、詞話。作者雖入民國，而其傳統文化教養的底色，濃郁深厚，迥非後來人可比。故此書行文，爲優美洗練的文言，而其對清詞演變脈絡的勾勒，代表性詞人的品評，乃至資料的選録等，都有「個中人」的真知灼見，可謂言簡意賅，高屋建瓴，非後來研究者搬弄西洋「範式」敷衍成文者可及。無疑，此書可列入「學術經典」的行列，不像本選集大多數作品具「過渡轉型」之身份色彩也。

如清代詞學概論評騭「清初之詞」的代表作家，「最著者」爲朱彝尊、陳維崧，「兩人並世齊名」，而前者「情深，所作詞高秀超詣，綿密精美，其蔽爲餖飣」；後者「筆重，所作詞天才艷發，辭鋒橫溢，其蔽爲粗率」；「繼之而起名重一時者，實惟納蘭容若。門第才華，直越北宋之晏小山而上之，其詞纏綿婉約，能極其致，南唐墜緒，絶而復續」。再如説清詞之派別：「有清一代之詞，有二大别：一浙派，一常州派，亦猶散體文之有桐城陽湖二派也。」這些基本的定位，都成了後來各種文學史、清詞史祖述的圭臬。再如書中説到「才人之詞」、「學人之詞」、「詞人之詞」的三分法，也直搗黄龍，揭示本質，對後世影響深遠。

韓柳文研究法著者林紓生於一八五二年，卒於一九二四年，堪稱是一位清末民初的文化奇人。他是桐城派散文的殿軍，一點不懂西洋語言文字，僅憑聽人口述，把一百八十多種西方小説翻譯成漢語，成爲向古老中國介紹西方文學的開山人。「林譯小説」，曾經是好幾代人的最愛，用文言表述的漢譯西方小説，成了中西文化交流史上一道奇异的瑰彩。

韓柳文研究法亦是文言文著作，對韓愈和柳宗元的多篇古文逐一評論，細緻深入，作者所持觀點立場，則完全是傳統的儒家思想體系和桐城派衡文的法眼，完全不見西學影響的痕迹。此亦可見所謂民國時段之文化形態，新舊雜陳，多元豐富也。

前有馬其昶（一八五五——一九三〇）短序，馬氏乃桐城派後勁，清史稿之「儒林」、「文苑」卷總纂。其序説與林紓「同客京師，一見相傾倒，别三年，再晤，陵谷遷變矣。而先生著書談文如故，一日出所謂韓柳文研究法見示」。所謂「陵谷遷變」，即指清朝滅亡而民國建立，韓柳文研究法於一九一四年由商務印書館出版，則此書或峻稿於清季。馬其昶贊美林紓「於史漢及唐宋大家文，誦之數十年，說其義，玩其辭，醰醰乎其有味也」。林紓於韓愈、柳宗元的古文沉浸涵泳，所謂「韓氏之文，不佞讀之二十有五年」，則其所得所會，自然和後來接受了西方文藝思想的研究者，無真賞而僅「分析批判」所見大爲不同。

如林紓這樣評析韓愈的文章寫作技巧：「韓氏之能，能詳人之所略，又略人之所詳。常人恒設之籬樊，學韓則障礙爲之空。常人流滑之口吻，學韓則結習爲之除。漢所謂摧陷廓清者，或在是也。」「韓文能抑絶掩蔽，不使自露。不佞久乃覺之。……不善學者，往往因蔽而晦，累掩而澀。……所難者，能於掩蔽中，有淵然之光、蒼然之色，所以成爲昌黎耳。」

再如評柳宗元：「柳州段太尉逸事狀，與昌黎張中丞傳後叙，均洋洋有生氣，亦皆良史之才也。不佞甚惜柳州不爲史官，其寫忠義慷慨處，氣壯而語醇，力偉而光斂，可稱極筆。」「若公在永州，荒昧不辟之區，必待糞除，其勝始出。是永州之勝，均係諸公之一言。則非極力描摹，山容水態，亦不易流傳於藝苑。集中諸文皆佳，而山水之記，尤爲精絶，雖大同小异，然各有經營。韓公猶望而却步，何論其他。」

文學論略，章太炎著。章太炎生於一八六九年，卒於一九三六年，太炎是號，名炳麟，在小學（語言文字學）、歷史、哲學、政治方面都有卓越貢獻，乃近代的國學大師。我的業師姚奠中先生是章先生最後招收的研究生之一，把對文學論略的評介作爲這一個系列學術著作的「收官」，格外具有意味。

文學論略首發於一九〇五年的四川學報（未完），一九二五年上海的群衆圖書公司出版，一九二六年再版，後來又成爲國故論衡的一部分。文學論略前面有胡適的一篇序，其中的一些話很有意味：

這五十年是中國古文學的結束時期。做這個大結束的人物，很不容易得。恰好有一個章炳麟，真可算是古文學很光榮的結局了。章炳麟是清代學術史的押陣大將，但他又是一個文學家。

他是能實行不分文辭與學説的人，故他講學説理的文章都很有文學的價值。

但他究竟是一個復古的文家。他的復古主義雖能「言之成理」，究竟是一種反背時勢的運動。

總而言之，章炳麟的古文學是五十年來的第一作家，這是無可疑的。但他的成績只够替古文學做一個很光榮的下場，仍舊不能救古文學的必死之症，仍舊不能做到那「取千年朽蠹之餘，反之正則」的盛業。他的弟子也不少，但他的文章却没有傳人。

文學論略開宗明義：「何以謂之文學？以有文字，著於竹帛，故謂之文；論其法式，謂之文學。凡文理，文字，文詞，皆謂之文；而言其采色之焕發，則謂之彣（讀『文』，文采之意）」。這裏的核心思想，即文、史、哲不作絶對區分的「文學」觀念。而這一點，正是中國文化的根蒂，與西方講究分科别類的「科學」文藝學大異其趣。從表面看來，如胡適所批評，章太炎的這種文學觀是「復古主義」，「反背時勢」。胡適在序言結尾説：「章炳麟在文學上的成績與失敗，都給我們一個教訓。他的成績使我們知道文學須有學問與論理做底子，他的失敗使我們知道中國文學的改革須向前進，不可回頭去。」

以五四新文化運動爲起始標誌的「白話文」運動，正是沿着胡適的主張發展前行的，魯迅的「拿來主義」主張也主宰了整個二十世紀的中國文學和文化的走向。我們所評介的民國學術著作，絕大多數也體現了這個方向和主旨。但問題並不是單一的，歷史也是復雜的，如今我們回顧反思，在肯定胡適所説「改革必須向前，不可以回頭去」的歷史合理性一面的同時，也必須正視章太炎的文學主張，蘊含有更深層的中國傳統文化之精義奧旨，而且隨着人類文化在二十一世紀出現的困境，越來越具有啓示意義。單從對文學的認識來説，章太炎標榜的文、史、哲大會通的中國傳統文化的根本立場，也是有其文化深刻性和現實針對性的。

因此，對民國長達四十年時段的學術著作及其體現的思想方向，也不能簡單化地對待，忽視其所體現的歷史走向必然性與新價值的合理性是不對的，過分拔高推崇也有所偏頗。畢竟，那是一個「過渡」、「轉型」的時期，其多數學術文化著作也必然帶有「過渡」、「轉型」的色彩，是「進行時」和「未完成時」，距離「經典」尚有距離。從戊戌變法到辛亥革命到五四運動，一直到一九四九年，泛民國時段（包括其醖釀鋪墊時期）之中國現代化歷程從肇始而前行，歷經曲折，其激烈變化之歷史空隙中艱難産生的學術文化，有其大膽引進勇敢開拓而攝人心魄的一面，也有其嘗試而稚嫩、外來與傳統磨合不甚相契的一面。近世之社會轉型文化轉型乃大勢所趨，民國的學人們做出了艱苦的努力和卓越的貢獻，如何能在吸取世界其他文明滋育的同時，又能使中國傳統文化精粹得以恢弘發揚，再造輝煌，此正民國以來直至今日，中國知識界文化界苦苦思索探尋而歷久彌新之時代課題！

正是在這個意義上，民國的學術著作，這些體現了當日中國文化精英思考、研究、探索中國的社會與國家之現代化轉型的成果，其中的材料等或已經是舊痕陳迹，而其所思考的問題，所探索的思路，所提出的設想，以及這些著作本身的種種成就和不足，對於今天的中國現實，仍然具有攻錯借鑒的意義。他山之石，可以攻玉，何況此本非他山之石，正我山自有之石乎！

欲滅其國族，必先滅其文史。民族的歷史，特別是文化史、思想史、學術史，誠乃一國一族之精魂慧命之所在所基。當年日本侵略者之所以轟炸商務印書館與東方圖書館者，正深諳此理也。而商務印書館鳳凰涅槃浴火重生之艱苦奮鬥，亦未稍懈於斯。

民國語文，也在「轉型」途程中，這些學術著作的文風，大多是一種「尚存文言痕迹的白話文」。今天的青年讀者閱讀起來，也許會有异樣的感覺，但也可謂別具一種風味。而此二十三種著作的作者，絶大多數爲南方人，如浙江、江蘇、湖南、福建等省份，這些著作又大都在上海出版，由此亦可見民國時期文化發展的大情勢。這二十三種著作的二十位作者，當其撰寫著作之時，應該説彼此質素、學養都相差不遠，而其後之發展結局，則有的著作等身成爲大家大師，有的則後勁不足而逐漸湮滅少聞，固然各人機遇運會不同，而個人心志的堅持和努力之有無强弱，無疑是最主要的因素。對今日之學人特別是青年，不也很有啓發意義嗎？

潛入歷史的塵霾中排沙簡金，而選擇出此二十三册著作，並非筆者所爲，因而對此種簡選是否即能代表民國時期文學研究的大體大略，實亦不敢斷言，滄海遺珠或在所難免。而忝膺爲此編叢書作序的重任，惶恐之意，自不待言，管窺蠡測，亂彈胡侃，尚祈盼海内外方家不吝指教。但披閲這些先賢的著述，恰如驀然回首，向幽深的夜，重新點燃支支老紅燭。「紅燭啊！是誰制的蠟——給你軀體？是誰點的火——點着靈魂？」（聞一多紅燭）

點點燭光，明輝熠熠，回顧往昔，瞻望將來，道一聲：願我們的中國，鑒古灼今，發揚傳統精華，吸取五洲營養，漸進改革，持續開放，醒獅昂首，闊步奮行，前程佳美！

二〇一四年四月一日於大連

作者簡介

謝晉青（一八九三年—一九二三年），一九二〇年留學日本，一九二一年夏回國。他回國後，一面籌辦徐州中學，并到徐州師院兼課，一面經營一個木工廠；同時，努力從事研究和翻譯工作，于一九二二年十二月將西洋倫理學史譯成中文，經高一涵校正，由上海商務印書館在一九二五年底出版發行。此書剛譯成，他因積勞成疾，醫治無效，于一九二三年夏去世。

目錄

詩經之女性的研究

一 緒論

說到古代詩人底作品，那詩經三百篇，總算是中國最古最美最完備的唯一詩集了。固然三百篇中也有很多——如雅，頌——是純官式或半官式的，但十五國風，卻實實在在多是很自然很活潑很眞摯很普遍的平民化的優美作品，而爲研究古代文藝問題和古代社會問題——尤其是古代婦女問題——者底唯一的聖經呀！

詩是人間性情的自然的表現，無論什麼人，只要佢是天眞瀾漫，性情活潑的，有了意思，自然就會寫出來；所謂『詩言志』就是這個意義。朱子在詩經傳序上，有幾句說得很好。他說：

『或有問於予曰：「詩何爲而作也？」予應之曰：「人生而靜，天之性也，感於物而動，性之欲也。夫既有欲矣，則不能無思；既有思矣，則不能無言；既有言矣，則言之所不能盡，而發於咨嗟詠歎之餘者，必有自然之音響節族，而不能已焉：此詩之所以作也！」……』

不過，古來學者，常常把詩人底人格看差了，以爲高尚純潔的詩人，也和『玩物喪志』的功利派文人一樣，說出話來，一定不當和普通人相同；因而，不是把普遍眞摯的作品，看得太低了，就是故作神祕的看得太高了；看低了固然是不對，但看高了，也是同樣失卻詩人底本意。

孔子編詩，於詩的趣味甚濃。論語一書裏，記述評詩底文字，很不在少數，略舉如下：『子曰：詩三百，一言以蔽之，曰，思無邪。』

『子曰：小子何莫學夫詩！詩，可以興，可以觀，可以羣，可以怨；邇之事父，遠之事君，多識于鳥獸草木之名。子謂伯魚曰：女爲周南，召南矣乎？人而不爲周南，召南，其猶正牆面而立也與！』

『子曰：興於詩，立於禮，成於樂。』

『陳元問於伯魚曰：「子亦有異聞乎？」對曰：「未也！嘗獨立，鯉趨而過庭，曰，學詩乎？對曰，未也！不學詩，無以言！鯉退而學詩……。」』

『子曰：誦詩三百，授之以政，不達，使於四方，不能專對，雖多亦奚以爲？』

以上所引的，差不多是孔子詩學通論底大旨，另外還有關于分論的話，我再找兩段出來看看：

『子曰：關雎，樂而不淫，哀而不傷。』

『顏淵問爲邦。子曰；「行夏之時，乘殷之輅，服周之冕，樂則韶舞；放鄭聲，遠佞人；鄭聲淫，佞人殆。」』

關雎不淫和鄭聲淫底淫字，究竟當如何解說？若照說文所說：『浸淫隨理也，』或『久雨曰淫』之言來解釋，那就是樂太過度的話，否則孔子既然是『詩三百，一言以蔽之，曰，思無邪，』那怎麼還又會鄭聲淫了呢？

還有美刺問題，在詩義上，自來也是一種很大迷惑。孔子評詩，從沒有說過美刺底話；不曉得毛詩以下底學者果何所據而竟加上一種美刺底幃幕。其實，詩人作詩，原是：

『情動於中而形於言，言之不足，故嗟歎之，嗟歎之不足，故永歌之，永歌之不足，不知手之舞之足之蹈之也。……（見毛詩序）』

那里能，於每作一詩之先，必計畫對於某人某事加以讚頌，或加以嘲笑攻擊呀！詩人底天職，若果是專門美人或刺人的，那詩人底人格志趣，也就不堪過問了。我覺得古來所以如此錯誤的，就在注釋家底誤認詞性。國風底風字，可作名詞底風俗二字解：就是說國風是表現各國特異的風俗底東西。也可作名詞底式樣二字解，就是說國風，是列國詩格各有各別的式樣的。若是依毛詩序『風，風也，上以風化下，下以風刺上，主文而譎諫，言之者無罪，聞之者足以戒……』底話，去當作動詞諷字解，那當然就要差之釐毫，謬以千里了。其他類是底謬誤之點，還有很多，因為這里只是做緒論，不便多說閒話，致占篇幅；所以只好一字表過不提，且聽下回分解。

我現在趁此機會，再把本文底任務和主張在此申明一下，就是：我這次是想在詩經中，發掘古代婦女問題的，並不是做考據底工作，在意義方面，我們總以詩底本義爲歸宿；那些不可靠的誤解，我們是一概不取。在藝術方面，我們總以普遍而眞摯的平民主義爲歸宿，那些不自然的附會穿鑿，我們也一概排斥。

二　周南　召南

周南召南之義，在毛序以爲：『……關雎麟趾之化，王者之風，故繫之周公；南言化自北而南也。鵲巢騶虞之德，諸侯之風也，故繫之召公。周南召南，正始之道，王化之基……』這是把二南解作屬人的了。鄭譜謂：『……文王受命作豐，分岐周故地爲二公采邑，武王時陳其詩，其得聖人之化者，謂之周南，得賢人之化者，謂之召南……』這于屬人之外，又兼有屬地之義了。朱集傳謂：『周，國名，南方諸侯之國也。周國本在禹貢雍州境內岐山之陽……文王昌辟國浸廣，於是徙都于豐，而分岐周故地以爲周公旦召公奭之采邑，且使周公爲政于國中，而召公宣布于諸侯……蓋其得之國中者，雜以南國之詩，而謂之周南……其得之南國者，則直謂之召南……』這幾全部解作屬地之義了。

這些解釋實際上，我覺得都不甚妥。周南召南這兩個名詞，純粹是詩底篇名。既不能屬人，也不能屬地。著作家在其著作之前，冠以某某篇名，原是一種習慣，並不是什麼原則。在他命名底時候，或者有某種意義存乎其中；然而那也不過是一時興會所至，覺得必須如彼如此定名，然後方稱妥適。其實時過境遷，過此以往，或將生有變化，亦未可知。在原著人，尚不免有如此場合，何況千百年後之讀者？若竟強而言之曰周南為何，召南為何，那就要有牽強附會的危險了。

周南之詩，計十一篇，召南計十四篇，合計二十五篇。這二十五詩之中，有關婦女問題的，在周南，有關雎，葛覃，卷耳，樛木，螽斯，桃夭，芣苢，漢廣，汝墳九篇；在召南，有鵲巢，采蘩，采蘋，草蟲，行露，殷其雷，摽有梅，小星，江有汜，野有死麕，何彼襛矣十一篇：共計二十篇。這二十篇詩，依照大旨，可區分左列數類：

- 寫戀愛問題的
  - 男戀女的
    - 關雎　野有死麕
    - 漢廣
  - 女思男的
    - 卷耳　草蟲
    - 汝墳　殷其雷
- 寫女性美或其生活的
  - 葛覃　鵲巢
  - 螽斯　采蘩
  - 芣苢　采蘋

樛木　小星
桃夭　何彼襛矣

寫婚姻問題的……摽有梅　行露

寫男性失戀的……江有汜

這樣來分類，自然不免有些牽強；但爲研究的便利，也只得勉強分去了。

關雎一詩，毛詩序謂爲后妃之德，韓詩序指爲刺時，都不妥適。關雎全詩三章，第一章寫出一美女子爲好男子底佳偶，第二章描寫男子對於女子底單面的熱烈相思，第三章描寫男子既達目的後之快樂，並其兩性間之調和，顯然是描寫一位青年男子愛上一位妙齡女子，企圖和伊結婚底經過；並無絲毫意義可以拉得上什麽后妃文王等等的。魏默深詩古微底二南答問上說：『……二南爲周國民風，其詩必作于國人而周公采被管絃，斷無宮人自作之詩……』，更可以揭破朱子關雎爲宮人所作底謬解。我們中國人舊式結婚，每好在大門上貼一喜聯『詩歌杜甫其三句，樂奏周南

第一章」的，就是因爲男子美事成功，而借此一段故事，開開玩笑底意思。至若古人以其爲房中之樂，而用之鄉人，用之邦國，那還能外乎這個意思麽？我們試讀全詩三章底原文，即可了然彼之要義了：

關關雎鳩，在河之洲；窈窕淑女，君子好逑。
參差荇菜，左右流之；窈窕淑女，寤寐求之；求之不得，寤寐思服；悠哉！悠哉！輾轉反側。
參差荇菜，左右采之；窈窕淑女，琴瑟友之；參差荇菜，左右芼之；窈窕淑女，鐘鼓樂之。

漢廣和關雎，同爲男性依戀女性底作品，但關雎企求成功，因之兩性間，得了無量的幸福；而漢廣則所圖未遂，以致失望，徒增浩歎而已。在文藝方面說，關雎敍述條理，文雖反復，而意致纏綿，顯得活潑有生氣而希望無窮；漢廣則意趣單純，徒有語言重複，儼然一失戀之子，神昏氣喪，差不多離自殺底程度不遠了！漢廣原文如左：

南有喬木，不可休息；漢有游女，不可求思；漢之廣矣，不可泳思！江之永矣，不可方思！
翹翹錯薪，言刈其楚；之子于歸，言秣其馬；漢之廣矣，不可泳思！江之永矣，不可方思！

翹翹錯薪，言刈其蔞，之子于歸，言秣其駒；漢之廣矣，不可泳思！江之永矣，不可方思！

我們把原文細讀一遍，就知道毛序『漢廣德廣所及也，文王之道，被于南國，美化行乎江漢之域，無思犯禮，求而不可得也』和韓詩『漢廣，說人也』底話，都沒有道理，而和本詩毫不相干了。

野有死麕一詩，毛序謂：『惡無禮也。天下大亂，彊暴相陵，遂成淫風；被文王之化，雖當亂世，猶惡無禮也。』韓詩也說：『惡無禮也。平王東遷，諸侯侮法，男女失冠昏之節，野麕之刺興。』實際，這詩和關雎漢廣之義同，只是客觀的寫實，與惡無禮與否，絕不相關。請讀：

野有死麕，白茅包之；有女懷春，吉士誘之。

林有樸樕，野有死鹿，白茅純束，有女如玉。

舒而脫脫兮！無感我帨兮！無使尨也吠！

第一章是記其事，第二章是寫其美，第三章就是描寫如玉之女，附耳低語，爲急促之言，以告吉士說：慢慢地呀！不要拉我底帨巾呀！別驚動了狗，使彼亂吠！這裏並無拒絕之意，也沒有惡什麼有禮無禮；伊底温語叮嚀，戀愛之情，仍是絲毫不減。不過，環境不良——大概是家庭關係——不得成關雎底結果罷了；然而也並沒有如漢廣之絕望失戀呀。古來所以誤解爲惡無禮者，都是因爲沒有了解第三章底眞義之故。

第二類底卷耳，汝墳，草蟲，殷其雷四詩，在毛序以第一詩爲后妃之志，三家詩皆以爲刺時。第三四兩詩毛韓皆以爲大夫妻所作；至第二詩毛則以爲『文王之化，行乎汝墳之國，婦人能閔其君子，猶勉之以正也。』韓詩外傳則以爲『周南大夫受命平治水土，過時不歸，其妻恐其懈于王事，因陳義以匡夫……，』也是當作大夫妻所作的了。其實，卷耳汝墳二詩，確似作者有貴婦人底口吻。草蟲，殷其雷二詩，就只見婦人想念其丈夫，並無關乎大夫妻了。先讀卷耳一篇看：

采采卷耳，不盈頃筐；嗟我懷人，寘彼周行。

陟彼崔嵬，我馬虺隤；我姑酌彼金罍，維以不永懷。

陟彼高岡，我馬玄黃；我姑酌彼兕觥，維以不永傷。

陟彼砠矣！我馬瘏矣！我僕痡矣！云何吁矣！

篇中有寘周行，馬虺隤，酌金罍，酌兕觥等字，的確像一位小軍官底太太。汝墳底主人公，更不必說這位太太簡直有紳士之風了。請看：

遵彼汝墳，伐其條枚；未見君子，惄如調飢。

遵彼汝墳，伐其條肄；既見君子，不我遐棄。

魴魚頳尾，王室如燬；雖則如燬，父母孔邇。

未見伊底君子，是如何的狼狽！既見伊底君子，反又客氣起來。第三章，又拉雜國事家事，亂談一番：這種女紳士，眞是令人對之要生出一種異樣地感觸來。

草蟲一詩，毛詩以之配卷耳，所以說：『草蟲，大夫妻能以禮自防也。』依詩義看來，只是一位普通婦女，想念丈夫底歌詠，一定要說這位婦人是大夫之妻，那可沒有憑據了。草蟲原文是：

喓喓草蟲，趯趯阜螽；未見君子，憂心忡忡；亦既見止，亦既覯止，我心則降。

陟彼南山，言采其蕨；未見君子，憂心惙惙；亦既見止，亦既覯止，我心則說。

陟彼南山，言采其薇；未見君子，我心傷悲；亦既見止，亦既覯止，我心則夷。

草蟲大義，雖埒於卷耳；但卷耳抑鬱悲痛之情，卻過於草蟲遠甚，這就是同而不同的地方。

詩古微，又以殷其雷一詩，配周南底汝墳；然而殷其雷底大旨，只是單純的盼望伊丈夫速速返家，和汝墳之未見君子而焦灼狠狽，既見君子而故意客氣，終之又雜談國事家事者，大不相同。殷其雷底詩文說：

殷其雷，在南山之陽；何斯違斯——莫敢或遑？振振君子，歸哉！歸哉！
殷其雷，在南山之側；何斯違斯——莫敢遑息？振振君子，歸哉！歸哉！
殷其雷，在南山之下；何斯違斯——莫敢遑處？振振君子，歸哉！歸哉！

三章底意趣文字，大部相同；然而伊底情急心切，能昂然于言表，這又不是普通詩人，能夠拿客觀的心理，代伊述出的了。

葛覃一詩，毛詩謂為后妃之本，齊魯韓三家詩皆謂為刺時，其中孰是孰非，不必多代辨證；然而這詩總是描寫一位貴婦人底生活的。若是普通人家底太太，那里還能有起師氏呢？

葛之覃兮，施于中谷，維葉萋萋；黃鳥于飛，集于灌木，其鳴喈喈。
葛之覃兮，施于中谷，維葉莫莫；是刈是濩，爲絺爲綌，服之無斁。

言告師氏，言告言歸；薄汚我私，薄澣我衣；害澣害否？歸寧父母。

中國古代婦女最美之德，就是能和男子分功治事；男治外，女治內，雖貴婦人也須親治織布養蠶之事務；家庭手工業時代自有一種天然的景況呀！

中國婦女結婚後底第一任務，而爲人人稱羨者，則爲生育問題。所謂母以子貴，能生得滿堂兒女，就可以稱得夫人太太，否則任如何美，亦只是薄命佳人。所以又可以說中國底女性美，不全以才貌，而以生育機能底優劣爲標準了。螽斯之詩說：

螽斯羽，詵詵兮；宜爾子孫，振振兮。

螽斯羽，薨薨兮；宜爾子孫，繩繩兮。

螽斯羽，揖揖兮；宜爾子孫，蟄蟄兮。

這是一篇較純粹的象徵派詩，以善生子的螽斯，比喻美的婦女，很可以表現出中國人底女性觀。桃夭之詩，也和螽斯相近。

桃之夭夭，灼灼其華；之子于歸，宜其室家。

桃之夭夭，有蕡其實；之子于歸，宜其家室。

桃之夭夭，其葉蓁蓁；之子于歸，宜其家人。

之子于歸之後，所賴以宜家室宜家人的，無非是有花有實有葉，而且能茂盛這幾種條件罷了。

中國古來女子，不作興有主張，亦無主觀的道德和人格；所謂三從，就是未嫁從父，既嫁從夫，夫死從子。在既嫁之後，要想稱得賢妻，那就要完全依從丈夫底主張，設法使丈夫歡喜，試看樛木之詩：

南有樛木，葛藟纍之；樂只君子，福履綏之。

南有樛木，葛藟荒之；樂只君子，福履將之。

南有樛木，葛藟縈之；樂只君子，福履成之。

就是說要想福履綏之將之成之，只有樂只君子一種方法，這也可以看出中國女子底人格了。本詩底樛木二字，也和草蟲卷耳等物一樣，只是觸物與懷底一種假借，並無如何深義。若依木下曲曰樛之言去解，那不免就要扯到什麼后妃能逮下無嫉妬之心焉底荒談了。

真的女性美底要素，並不是婦功，也不是生育，更不是使丈夫歡喜；而是伊們底姿態安閑，心地慈善，接物寬厚處世和平。所以普通野心男子，所崇拜的女性美，並不是眞的女性美，而是女性底奴隸化。我覺得二南諸詩中能當起描寫眞的女性美的只有芣苢一詩。芣苢之詩說：

采采芣苢，薄言采之；采采芣苢，薄言有之。
采采芣苢，薄言掇之；采采芣苢，薄言捋之。
采采芣苢，薄言袺之；采采芣苢，薄言襭之。

細味全詩，再凝神冥思，儼然見有一位安閑慈善而寬厚和平的女神，坐在曠大碧綠的宇宙中，輕移玉腕，緩緩地采捋芣苢。詩經中底自然派寫實算以這詩爲最神妙了罷。至于芣苢之用途，我們實不必研究。若是胡亂地追求，那又犯了古人附會穿鑿的毛病了。

鵲巢，采蘩，采蘋，何彼襛矣四詩，全是描寫貴族婦女底話。如鵲巢中底『……之子于歸，百輛御之……，』采蘩中底『……于以用之，公侯之事……公侯之宮……夙夜在公……，』采蘋底『……于以奠之宗室牖下，誰其尸之，有齊季女，』何彼襛矣底『……曷不肅雝王姬之車……平王之孫，齊侯之子……』云云，決不是裙布釵荊之女所能夢見的。我因彼和這篇文章宗旨不同，而且把彼列在第三類裏，又覺諸多不妥，所以決意把這四詩放棄了，不加研究。

摽有梅，毛序謂爲：『男女及時也。召南之國，被文王之化，男女得以及時也。』被文王之化不被文王之化，這個問題倒小。總之古代男女結婚，有一定之期間，這是不差的。詩傳上說：『……三十之男，二十之女，禮未備，則不待禮會而行之者，所以蕃育人民也。』大概古代女子，十五至二十，男子二十至三十，皆可結婚；若是過期家長不令結婚，那麽伊們就可以不按手續，自由行動。這種辦法，打一句官話，就是我覺得尚無不合。可是近代做父親的，對於子女婚姻，卻都別有肺腑，兒子倒無問題；惟有其女公子，到了三十歲不嫁人，他也不許伊自由行動，一點不知誤了多少好光陰，犧牲伊多少幸福。學老先生發一句牢騷，這眞是『古道淪亡！』

說得離題遠了，我們向後轉，讀摽有梅全詩罷：

摽有梅，其實七兮！求我庶士，迨其吉兮！
摽有梅，其實三兮！求我庶士，迨其今兮！
摽有梅，頃筐塈之！求我庶士，迨其謂之！

這可把古代女子底婚姻觀念，寫得淋漓盡致了。第一章見樹梅七實，還向求婚底少年說：等一等！等個吉日良辰罷！第二章見樹梅三實，覺悟到機會錯過，所以就不害羞的向求婚者說：來罷！今天正好！第三章，樹梅落盡，自家底終身大事，還是沒有解決；於是伊卽抱定宗旨，與人當面談判；所謂不待禮會而行之，就是要和伊戀人一齊翩翩飛去了。

然而戀愛是雙方之間相互發生的，片面的欲求，決不能發生眞正的戀愛。男性不愛女性，當然不成問題；卽女性不愛男性，雖有任何勢力，亦決不能奈何有主張的女子。我們看行露一詩，就知古代兩性關係，也是這樣的了：

厭浥行露，豈不夙夜？畏行多露！

誰謂雀無角，何以穿我屋？誰謂汝無家，何以速我獄？雖速我獄，室家不足！

誰謂鼠無牙，何以穿我墉？誰謂汝無家，何以速我訟？雖速我訟，亦不汝從！

那些愚蠢的男子，竟在神聖的戀愛問題上，施起卑劣手段來了。然而危險的很呀！幸虧遇到一位深通人情的審判官，還能使他室家不足，幾乎大吃反坐。若是碰到現在深惡自由戀愛的渾蛋知事，那可不得了，亦不汝從，那就行了麽？未嫁從父！既嫁從夫！這一位無名詩人，能在數千年以上，代受婚姻制度家庭制度壓迫的女子寫出這一篇詩，作千載底婚姻指南，眞是一位慈航普渡的生佛呀！

小星一詩，最費索解。毛序謂：『小星，惠及下也。夫人無妬嫉之行，惠及賤妾，進御於君，知其命有貴賤，能盡其心矣。』所以後之高明的附會家，竟通稱姨太太爲小星，謬誤之至。若果是衆妾進於君，又何至於無特別宮院，並衾裯亦須賤妾自抱而往？眞是不通之論。韓詩外傳說：『小星，使臣勤勞在外，以義命自安也。』這是以此詩當作一篇純粹的象徵詩了。細讀原文，也覺不妥。總之，不管彼象徵也罷，寫實也罷，但以我看來，覺得文義之內，總含有多量描寫女性特別環境底意味。原文說：

嘒彼小星，三五在東；肅肅宵征，夙夜在公，寔命不同。

嘒彼小星，維參與昴；肅肅宵征，抱衾與裯，寔命不猶。

究竟爲的何事，而竟抱衾裯以宵征？精神受了這樣地壓迫，而還能深信其宿命論，只怨命之不猶，而不知圖生活環境之改造；這種心理，卻有研究底價值呀。

江有汜，是寫一男子，求婚未遂，而所求的女子後又遇人不淑；因而，男子就發這一篇牢騷——

這是我底解釋。毛序謂：『江有汜，美媵也。勤而無怨，嫡能悔過也。文王之時，江沱之間，有嫡不以其媵備數，媵遇勞而無怨，嫡亦自悔也。』這段話，實嫌離題太遠。焦延壽底易林上說：『南國少子，才略美好，求我長女，厭薄不與，反得醜惡，後乃大悔……，』頗近情理。但他以南國少子底岳父作本詩底主人，又覺太偏於客觀。所以不如直捷的按照文義，從我底解說，較爲簡便一些，原詩說：

江有汜。之子歸，不我以，不我以；其後也悔！

江有渚。之子歸，不我與，不我與；其後也處。

江有沱。之子歸，不我過，不我過；其嘯也歌！

其後也悔，其嘯也歌，是一種同情之悲憤，決不是因伊不我以不我與不我過，就向伊出幸災樂禍之言。唯其見其所求之人，嫁與一個醜惡的男子，弄得後悔無及，不得不處，處而芳心抑鬱，以致發狂而仰天嘯歌；這時，他自己仍是渡着失戀的生活，見伊狼狽如此，也就禁不住的大發起牢騷來了。

三　邶風

邶風之詩，共十九篇。其中關係婦女問題的，有柏舟，綠衣，燕燕，日月，終風，凱風，雄雉，匏有苦葉，谷風，泉水，靜女，新臺十二篇。毛詩序以綠衣日月終風三詩，均爲衞莊姜傷己之作；又以燕燕爲衞莊姜送歸妾之作；以雄雉爲刺衞宣公淫亂，不恤國事，軍旅數起，大夫久役，男女怨曠，國人患之而作；以匏有苦葉爲刺衞宣公與夫人並爲淫亂之作；以新臺爲刺衞宣公納伋之妻，作新臺於河上而要之，國人惡之而作。沒有指其人的，只有柏舟，凱風，谷風，泉水四詩。其實，除燕燕有『先君之思，以勖寡人』，泉水有『孌彼諸姬，聊與之謀……遄臻於衞，不瑕有害……』，新臺有新臺等，可以拿歷史觀念去曲解以外，其餘各詩，卻無論如何也尋不出和歷史事實上生關係之所在。現在且依各詩大旨，區別種類如左：

一
- 柏舟
- 綠衣

寫女性失戀的
- 日月
- 終風
- 谷風

寫母性愛的
- 燕燕
- 凱風

寫戀愛問題的
- 雄雉
- 匏有苦葉
- 靜女

寫女性底特殊生活的……泉水

寫婚姻問題的……新臺

毛詩序謂柏舟爲仁而不遇之詩。他並且指定是『衞頃公之時，仁人不遇，小人在側。』魯詩和列女傳都說：『衞宣夫人者，齊侯之女，嫁入衞，至城門而衞君死。保母曰：可以反矣。女不聽，遂入持三年之喪。畢。弟立請曰：衛小國也，不容二庖，請同庖。女不聽，衛愬於齊。齊兄弟使人告女，女作此詩。』此說按諸詩義，似屬可通。然依情理說來，如入持三年之喪和不應同庖等事，似覺無甚意味。況徵諸歷史，衛國並無兩位宣姜，宣姜本是一位很放蕩的人——詩古微謂爲烝淫之人——決無這種守節等事。所以最好還是當作描寫一位普通失戀婦女底作品。柏舟原文如左：

汎彼柏舟，亦汎其流；耿耿不寐，如有隱憂；微我無酒，以敖以遊。

我心匪鑒，不可以茹；亦有兄弟，不可以據；薄言往愬，逢彼之怒。

我心匪石，不可轉也；我心匪席，不可卷也；威儀棣棣，不可選也。

憂心悄悄，慍于羣小，覯閔既多，受侮不少，靜言思之，寤辟有摽。

日居月諸，胡迭而微？心之憂矣，如匪澣衣；靜言思之，不能奮飛！

第一章寫伊失戀底痛感；第二章先表明自己心跡，復言伊有哥弟，但都和伊感情不好，去找他們，也是無用；第三章言伊主意拿定，隨便誰說也不可委屈求全，再向丈夫乞憐和好，並且說自己一點過處都沒有，誰也不能派伊一點錯處；第四章想起挑撥伊們夫婦間惡感的那些壞東西，又想起伊受伊丈夫底那些虐待，只有拊心長歎而已；末章怨恨日月轉得太慢，憂鬱極了，又想遠走高飛，脫離伊底舊環境，這是一位思想自由的女子呀！

綠衣日月底大義，和柏舟頗相近，不過這兩位婦人沒有柏舟婦人底那樣思想自由就是了。

綠衣詩：

綠兮！衣兮！綠衣黃裏；心之憂矣，曷維其已？
綠兮！衣兮！綠衣黃裳；心之憂矣，曷維其亡？
綠兮！絲兮！女所治兮；我思古人，俾無就兮！
絺兮！綌兮！淒其以風；我思古人，實獲我心。

日月詩：

日居月諸！照臨下土；乃如之人兮！逝不古處；胡能有定，寧不我顧？
日居月諸！下土是冒；乃如之人兮！逝不相好；胡能有定，寧不我報？
日居月諸！出自東方；乃如之人兮！德音無良；胡能有定，俾也可忘！

日居月諸！東方自出；父兮母兮！畜我不卒，胡能有定，報我不述！

兩詩作者，共同底短處，就是只知客觀的怨恨對手方，而不能決定自己人格的前途。如此也罷，而綠衣之詩，反藉着古人來排解自己；日月之詩，還希冀對手方萬一之回轉；假愛情假道德觀念，眞是把伊誤死，伊們還不覺悟呢。你看沒良心的日月作者底丈夫，不愛伊了，就隨便棄伊而去，眞眞豈有此理？

終風婦人，所受的苦痛，較綠衣日月爲更大了。且看：

終風且暴，顧我則笑，謔浪笑敖，中心是悼！

終風且霾，惠然肯來，莫往莫來，悠悠我思！

終風且曀，不日有曀；寤言不寐，願言則嚏！

曀曀其陰，虺虺其靁；寤言不寐，願言則懷！

碰着丈夫是這種狂暴蠻橫的東西，有知識的女子，眞是一天也難過。何況他，還無理性的侮辱女子人格？然而終風太太，卻一點也不會抗議，只是說不出道不出的忍受着，可憐呀！

谷風一詩毛詩序謂『刺夫婦失道也。衞人化其上淫于新婚，而棄其舊室，夫婦離絕，國俗敗傷焉。』其原詩：

習習谷風，以陰以雨；黽勉同心！不宜有怒，采葑采菲，無以下體，德音莫違，及爾同死。

行道遲遲，中心有違！不遠伊邇，薄送我畿；誰謂荼苦？其甘如薺，宴爾新昏，如兄如弟。

涇以渭濁，湜湜其沚；宴爾新昏，不我屑以。毋逝我梁！毋發我笱！我躬不閱，遑恤我後？

就其深矣，方之舟之；就其淺矣，泳之游之；何有何亡，黽勉求之；凡民有喪，匍匐救之。

不我能慉，反以我爲讎！既阻我德，賈用不售，昔育恐育鞫，及爾顛覆，既生既育，比予于毒。

我有旨蓄，亦以御冬；宴爾新昏，以我御窮；有洸有潰，既詒我肄；不念昔者，伊余來塈。

首章責難伊底丈夫不當如彼待伊；次章敍述伊丈夫棄伊底情形，並言己之被棄和伊夫重得新偶底一苦一樂；第三章述伊夫厭故喜新，忽又言自己不必多管閒事；第四章追述伊治家處鄰之過去優德，第五章則謂自己雖有種種好處，而仍不能得其夫底同情；末章謂伊丈夫在窮困時愛伊，現在竟至棄絕伊了，得新忘舊，伊空費一場勞苦，未享絲毫人生幸福，時怨時慕，時泣時訴，雖有覺悟之情，而無向伊丈夫提出抗議之決心。其實，棄妻再娶，士也無良；男子旣能無良於先，女子爲何不能無情於後？而伊當時竟不出此，由此可見中國古代婦女被壓迫而不得申雪是怎麽樣的慘狀了。

燕燕，一詩，在毛詩謂爲『衛莊姜送歸妾也。』史記上說這詩是『衛莊姜送完婦大歸也，陳嬀之娣戴嬀，生子完而母死，莊公命莊姜子之。嗣立爲桓公，州吁弒之，故送完婦大歸于薛。』列女傳卷一：『衛姑定姜者，衛定公之夫人，公子之母也。公子旣娶而死，其婦無子；畢三年之喪，定姜歸，其婦自送之至于野，恩愛哀思，悲心感動，立而望之，揮泣垂涕，乃賦詩曰：燕燕于飛……，』又和前二說不同了。這幾種說法，都是歷史的附會，孰是孰非，我們不能胡亂判斷，因爲無根據，就是判斷了，仍舊是不免附會。所以我現在想一個不要根據非歷史的解說，把彼解作寫寡母送女出嫁底一篇抒情詩，旣無大病，還能有些趣味。我們先讀原詩看：

燕燕于飛，差池其羽；之子于歸，遠送于野；瞻望弗及，泣涕如雨。

燕燕于飛，頡之頏之；之子于歸，遠于將之；瞻望弗及，佇立以泣。

燕燕于飛，下上其音；之子于歸，遠送于南；瞻望弗及，實勞我心。

　　仲氏任只，其心塞淵；終溫且惠，淑愼其身；先君之思，以勖寡人。

全詩四章，首三章意義相同。連賦燕燕于飛云云者，就是看了燕子紛飛，想起當時老燕餵小燕底劬勞，而今竟至紛紛飛去了。寡母送女出嫁，其情正復類此，怎能不倍加悲傷？第四章說：仲氏任只，其心塞淵。這仲氏二字，實不必解作戴嬀之字，解作伊女底夫家之嫂，最爲妥當。想比伊女夫家之嫂，早娶幾年，管理家務，得其家庭信任，所以才說：仲氏任只，其心塞淵。這樣，必須有對待之方才好，所以伊叮囑其女：終溫且惠，淑愼其身。如此，就可以免得惹出是非來了。說着，又想起伊底亡夫了！伊想亡夫死時，是怎麼樣囑咐自己的呀！若是女兒出嫁，到婆家能落得個無是無非，那自己底心願已償，也就對得起亡夫於九泉之下了。這篇詩，若照如此解法，不但文義妥當，還可以表現出一片熱烈眞摯的母性愛。

還有凱風，也是描寫母性愛的，而毛序偏說：『凱風，美孝子也。衞之淫風流行，雖有七子之母，猶不能安其室；故美七子能盡其孝道，以慰其母心而成其志爾。』這種謬論，不但是信口胡說，毫無根據，而且還大大地侮辱母性，實在荒謬已極。三家詩，謂這詩是：『美孝子也。七子不同母，母愛不均，七子自責，母遂感悟，化爲慈母，故詩人美之。』這種意義，還近情理。後漢江肱事繼母，感凱風之義，兄弟同枕而寢，不入房室，以慰母心底故事，也可以作當時解凱風，絕無如毛詩荒謬底證明。其實，凱風四章，除第二章內帶主觀的人子自責意味以外，其餘各章，全是客觀的描寫慈母之愛的。一位老太婆，有了七個兒子，還不能賺錢給伊吃飯，還須終日勞動，這眞是母性底人生不幸呀！然而爲母親的，並不怨恨伊兒子一點，也不去控伊兒子們忤逆不孝，眞所謂慈母之愛，天高地厚呀！讀者，該按原詩一讀，就知我底愚見，是怎麼樣的了。凱風原詩說：

凱風自南，吹彼棘心；棘心夭夭，母氏劬勞。

凱風自南，吹彼棘薪；母氏聖善，我無令人。

爰有寒泉，在浚之下；有子七人，母氏勞苦。

睍睆黃鳥，載好其音；有子七人，莫慰母心。

第三類底雄雉一詩，是完全抒寫女性思戀男性的，就是婦人在家，想念伊出外謀生底丈夫的。原文是：

雄雉于飛，泄泄其羽；我之懷矣，自詒伊阻。
雄雉于飛，下上其音；展矣君子，實勞我心！
瞻彼日月，悠悠我思；道之云遠，曷云能來？
百爾君子，不知德行；不忮不求，何用不臧？

中國底民族性，男子在外，可以性慾自由，而且也是公然的事。女子在家，就不然了。所以伊們對於丈夫底想念，是專門而又專誠的事。思之來，自然歡喜無量；即思之不來，亦只有恐勞傷心而已。最多，也不過如本詩末章，抱怨幾句，絕不能有什麼軌外行動。若是辦到這一步，不用說，就能得社會上底一個封號『賢良婦人。』

邶風中，純粹描寫兩性相互戀愛的，有匏有苦葉靜女兩詩。但兩詩底立場，又各不同。匏有苦葉一詩，除末章外，通篇都是客觀的陳述理論之詞；靜女就全部是男對女底主觀的熱戀之詞了。毛詩對這兩詩，一序：『匏有苦葉，刺衞宣公也。公與夫人並為淫亂。』一序：『靜女，刺時也。衞君無道，夫人無德。』顯然指為同刺一人底諷刺詩。三家詩，又和毛序不同了。他們把這兩詩之義，認為純粹的象徵派；所以說：『匏有苦葉，賢者感遇待時，不敢苟合也，』『靜女，賢者及時思遇也。陳情欲以歌道義，故曰，愛而不見，搔首踟躕，急時詞也。』這種解釋，實在好笑。果然是賢者感遇思遇，那就簡捷的發表政見，何必女腔女調的，在家裏作詩？我以爲最好不過還是把彼解作男女戀愛之品。匏有苦葉全詩說：

匏有苦葉，濟有深涉；深則厲，淺則揭。

有瀰濟盈，有鷕雉鳴；濟盈不濡軌，雉鳴求其牡。

雝雝鳴鴈，旭日始旦；士如歸妻，迨冰未泮。

招招舟子，人涉卬否！人涉卬否！卬須我友。

首章是說男女交際底祕訣的，次章是說交際成熟，關於終身大事問題，應當誰先開口的，第三章是說婚期問題的；第四章就歸到本題，提出他期待他愛人底事情了。所以，這詩也算是一種戀愛的抒情詩。靜女詩云：

靜女其姝，俟我于城隅；愛而不見，搔首踟躕。

靜女其孌，貽我彤管；彤管有煒，說懌女美。

自牧歸荑，洵美且異；匪女之爲美，美人之貽。

這詩，表現男子癡情底表現力，和關雎不相上下，而較關雎，更爲天眞。男性一鍾情上了女性，不問對手方底美度如何，他總是精忠保國般地一意崇拜。所以他底愛人，贈他一些彤管茅荑之物，他就如獲異寶般地奉作一件至偉大的紀念品了。

新臺一詩，若果我們依據毛序『新臺，刺衛宣公也。納伋之妻，作新臺於河上而要之，國人惡之，而作是詩也』底歷史觀念來解釋，那眞可算是中國婚姻史上底唯一醜事了。其實，一個國王要想求如何美如何多的女色，也都是很容易辦得到的；爲何偏要娶他令郎底未婚妻作自己底小老婆呢？性慾問題，往往能違反一世和永久底輿論，犧牲一切名譽道德等等而不顧，這眞是一樁神祕的事情呀！

這詩若是舍棄歷史的觀念，把新臺解作一個不知所指的公用名詞，也能顯現出是一樁不良婚姻底結果。試看：

新臺有泚，河水瀰瀰；燕婉之求，籧篨不鮮。

新臺有洒，河水浼浼；燕婉之求，籧篨不殄。

魚網之設，鴻則離之；燕婉之求，得此戚施。

全詩三章，首次兩章底前二句，皆爲寫景，末章前兩句，則爲象徵；各章後二句，完全都是發表眞意，說求燕婉而反得籧篨之人。這大概是上了父母之命，媒妁之言底大當了罷，我這樣解釋，覺得比那迷信歷史說者，更爲公平妥適一些。

泉水，是描寫女性生活上底一種特殊的程式的。毛序說：『泉水，衞女思歸也。嫁於諸侯，父母終，思歸寧而不得，故作是詩以自見也。』所以在詩集傳泉水篇後，附上一段什麼『楊氏曰，衞女思歸，發乎情也；其卒也不歸，止乎禮義也。聖人著之於經，以示後世，使知適異國者，父母終，無歸寧之義，則能自克者，知所處矣。』總算把毛序說得團而又圓了。其實，普通女子出嫁，並不禁止歸寧；何以王公貴族之女，一嫁到異國就不准走娘家了呢？這眞算一種特殊的禮義了。泉水原文如左：

毖彼泉水，亦流于淇；有懷于衞，靡日不思。孌彼諸姬，聊與之謀。

出宿于泲，飲餞于禰；女子有行，遠父母兄弟，問我諸姑，遂及伯姊。

出宿于干，飲餞于言；載脂載舝，還車言邁；遄臻于衞，不瑕有害。

我思肥泉，茲之永歎；思須與漕，我心悠悠；駕言出遊，以寫我憂。

這幅情景，差不多要和石頭記第十八回上所描寫的元妃省父母底背影底意義相同了。這總算是中國女性生活上底一種奇異的程式。

四　鄘風

鄘風選詩十篇，關於婦女問題的，有柏舟，牆有茨，君子偕老，桑中，蝃蝀，干旄，載馳七篇。其中，干旄一篇，毛詩說彼是美衛文公臣子好善的，如此就與婦女問題無干了。但我以爲詩中明明有彼姝者子底文句，無論如何，決不能是說男子的，所以就把彼硬拉爲婦女問題底作品了。此外，還有鶉之奔奔，毛詩說是刺衛宣姜的；相鼠，白虎通說是妻諫夫之詩。其實，鶉奔鵲彊無良爲兄等語句，並無指爲宣姜之可能；至於鼠有皮人無儀等言，更是純粹的抽象話了。不但可以指爲妻諫夫，就是指爲臣諫君，亦無不可。所以，我覺得還是把彼迸諸女性範圍之外倒是好些。茲依七詩性質，表解如左：

- 寫婚姻問題的
  - 女子拒父母之命……柏舟
  - 淑女遇惡夫……君子偕老
- 寫醜惡家庭的……牆有茨

寫自由戀愛問題的…………桑中、蝃蝀

寫闊少誘惑女性的…………干旄

寫女性底特殊生活的…………載馳

毛詩序柏舟說：『共姜自誓也，衞世子共伯蚤死，其妻守義，父母欲奪而嫁之，誓而弗許，故作是詩以絕之。』以這詩意，和這事實相較，還覺可通；但這件事實，卻太不合事底背影了。試想一個貴族底小寡婦，爲名節——當時的——問題，爲生活問題，爲地位問題，伊底老子，無論如何蠢，決沒有欲伊再醮之理。况共姜這段事實，又沒有眞實的證據，我們當然不能信以爲眞。我們還是丟開歷史問題，研究詩底實質爲是。柏舟之詩：

汎彼柏舟，在彼中河；髧彼兩髦，實維我儀，之死矢靡他；母也天只！不諒人只！

汎彼柏舟，在彼河側；髧彼兩髦，實維我特，之死矢靡慝；母也天只！不諒人只！

這明明是一篇寫普通一位女子對於父母之命的婚姻，提出嚴重抗議的。前後兩章，語意全同。

首二句，和邶風底汎柏舟一樣。次兩句是說自己底青春年少，應得相當的匹偶；現在娘老子，竟利令智昏地代自己主張嫁與一個不相當的男人，眞眞豈有此理！母也天只兩言底意思就是說：『哼！母親就算是天公奶奶罷！你既能不諒我底苦衷，不顧我底幸福，那我就能不依你底命令。』伊底最後手段，就是之死矢靡慝。

牆有茨，是一篇攻擊惡德家庭底作品。毛序：『衞人刺其上也，公子頑通乎君母，國人疾之，而不可道也』底話，殊無根據。所以倒不如直捷了當的，按照詩文本義，解作一個描寫惡家庭之詩爲最好。詩文是：

牆有茨，不可埽也：中冓之言，不可道也！所可道也，言之醜也。

牆有茨，不可襄也；中冓之言，不可詳也！所可詳也，言之長也。

牆有茨，不可束也；中冓之言，不可讀也！所可讀也，言之辱也。

依文義看，這詩之背影所寫的惡德家庭，還是和這詩底作者很有關係的；不然，就不能像這樣地沉痛了。

君子偕老一詩，毛詩謂爲：『刺衞夫人也夫人淫亂，失事君子之道，故陳人君之德，服飾之盛，宜與君子偕老也。』這種說法，可以說是驢唇不對馬嘴。韓詩說是：『哀賢夫人也，』意義倒覺平妥。試讀：

君子偕老，副笄六珈；委委佗佗，如山如河，象服是宜，子之不淑，云如之何？

玼兮玼兮，其之翟也；鬒髮如雲，不屑髢也；玉之瑱也，象之揥也，揚且之皙也；胡然而天也？胡然而帝也？

瑳兮瑳兮，其之展也；蒙彼縐絺，是紲袢也；子之淸揚，揚且之顏也；展如之人兮，邦之媛也。

各章所列的服飾，都是爲讚揚女主人底優美而設的；至第二第三章，就並伊底皮膚美，也說出了。首章之末，說子之不淑，云如之何，就是說這樣地優美婦女而遇不淑的丈夫，可如何哉！次章末言胡然而天帝，三章末言邦之媛也，這就是愈把主人公底伊說得像天神一樣，其實簡直是傾城傾國了。

鄘風中，言自由戀愛底詩，有桑中蝃蝀二篇。但二詩底內容，又不相同：桑中是說一貴族之女和人戀愛的蝃蝀就是對於和人自由戀愛的女子，施以大攻擊而特攻擊的言詞的了。毛詩序桑中說：

『桑中，刺奔也。衞之公室淫亂，男女相奔，至於世族在位，相竊妻妾，期於幽遠；政散民流而不可止。』

在毛公之意，這種公室淫亂底現象，總算是很稀罕的問題。其實不然，這就是毛氏不了解貴族生活內容底錯誤。在物質方面大概生活愈優越，佢底行爲就愈不堪過問。我們不是貴族，對於貴族生活，固然沒有經驗；但我在日本時，曾屢次看見報紙上載着某某貴族（什麼爵位）底女兒，跟着汽車夫逃跑底事實。有好多朋友，對這事懷疑，我卻毫不爲怪；因爲我深信生活優越的人，不見得就能行爲高尙。况且貴族之女，社交多不能自由，偶然遇着一個機會，實行跟着男人逃跑，這有什麼奇怪？桑中說：

爰采唐矣，沬之鄉矣；云誰之思？美孟姜矣；期我乎桑中，要我乎上宮，送我乎淇之上矣。

爰采麥矣，沬之北矣；云誰之思？美孟弋矣；期我乎桑中，要我乎上宮，送我乎淇之上矣。

爰采葑矣，沬之東矣；云誰之思？美孟庸矣；期我乎桑中，要我乎上宮，送我乎淇之上矣。

從這詩中，還可以見出一種戀愛問題與階級問題底關係來。大概女性總偏於熱愛方面者多，伊只要定情於一人，就不問其對手方之階級如何，而惟愛情之相繫。有人說：這是男女不平等和女性對男性不能社交公開等種種環象相逼而然的，若是男女一樣，恐怕女對男之關係，也就不能這樣了。我以爲這也是一種說法，但我們總覺得女性底富於熱愛，的確是男性所不及，這大約又是生理的關係了。如本詩所述的美孟，身雖生活於貴族之家，然而爲愛底問題，卻能不惜玉趾與伊愛人周旋悠游於桑中上宮等處，而且也毫不覺得有什麼降格屈駕，這是何等自然？但在男子，就有不自然的現象了。試看他口中流露的美孟，期我乎，要我乎，和送我乎等字樣，就頗有受寵若驚的樣子了。

蝃蝀，毛序：『止奔也，衞文公能以道化其民，淫奔之恥，國人不齒也。』韓詩『刺奔女也。』毛序之言，是否屬實，我們且不管他。總之，攻擊自由戀愛，這是毫無疑義的了。蝃蝀原詩說：

蝃蝀在東，莫之敢指；女子有行，遠父母兄弟。

朝隮於西，崇朝其雨；女子有行，遠兄弟父母。

乃如之人也，懷昏姻也，大無信也，不知命也。

首章以蝃蝀象徵，謂人無敢指者，可見伹對於自由戀愛底心理了。至於女子有行，應當遠父母兄弟底論理，更屬可笑；不遠父母兄弟，又有什麼不可？末章說這樣地人而懷疑婚姻，是大不信任父母之命，媒妁之言，並且也是不知人生底命運。好笑！

干旄，是寫一個無聊的濶少去向一位彼姝者子，誇耀而欲有所要求的。所以說：

孑孑干旄，在浚之郊，素絲紕之，良馬四之；彼姝者子，何以畀之？

孑孑干旟，在浚之都，素絲組之，良馬五之；彼姝者子，何以予之？

孑孑干旌，在浚之城，素絲祝之，良馬六之；彼姝者子，何以告之？

在這一位濶公子，以爲自家坐着這樣濶氣的車子，彼姝者子，對於他，一定要有所畀有所予有所告了；其實倒不盡然，稍有見識的女子，也許沒有眼去睬這種不知愛情爲何物的肉食者鄙的飯桶的呢。

載馳，和邶風中底泉水，性質相仿，都是寫貴女出嫁之後，不得歸寧的。毛序：『載馳，許穆夫人作也，閔其宗國顚覆，自傷不能救也。衛懿公爲狄人所滅，國人分散，露於漕邑；許穆夫人，閔衛之亡，傷許之小，力不能救，思歸唁其兄，又義不得，故賦是詩也。』可見爲一個莫明其妙的『義』字，女人底行動自由，完全被彼限制住了。試看：

載馳載驅，歸唁衞侯，驅馬悠悠，言至于漕；大夫跋涉，我心則憂。

既不我嘉，不能旋反，視爾不臧，我思不遠；既不我嘉，不能旋濟，視爾不臧，我思不閟。

陟彼阿丘，言采其蝱，女子善懷，亦各有行；許人尤之，衆穉且狂。

我行其野，芃芃其麥，控於大邦，誰因誰極？大夫君子，無我有尤！百爾所思，不如我所之。

其實，限制伊者，並非大夫口中之義，和一般社會底輿論；而是伊自己力量微弱，不敢執着自己底意見。一方面想垂柔順之儀型，一方面又有女子善懷，宜乎其大發牢騷不已也。

五　衞風

衞風共十詩，中間有關婦女問題的，爲碩人，氓，竹竿，河廣，伯兮，有狐，木瓜七篇。伯兮一詩，毛序謂爲刺時也；言君子行役，爲王前驅，過時而不反焉。他這說法，就是不知本詩作者之立場底原故。照本詩文義上看，作者是行役君子底夫人。因爲在國風中，凡是伯叔和仲子等名詞，多是女對男底稱謂——如將仲子兮，叔兮伯兮，倡予和汝等是。並且本詩底第二章所說的自伯之東，首如飛蓬，豈無膏沐，誰適爲容這一段話，明明是女爲悅己者容的背影，萬不能是男性底事情。所以我以彼爲婦女思征夫底作品。還有木瓜一詩，毛詩序說是美齊桓公也。我覺得以本詩之義，也不如當作是一篇男女戀愛之詩爲好。現在先把我認爲有關婦女問題各詩，依類列表如左：

寫貴婦人底女性美的……碩人

寫女性失戀的…………氓

寫戀愛問題的…………{伯兮 木瓜}

寫女性底特殊生活的……{竹竿 河廣}

寫再醮問題的…………有狐

碩人一詩，依列女傳所說是『莊姜之傅作也。莊姜始嫁，操行衰惰，淫佚冶容。傅母論之，乃作碩人之詩。砥礪女以高節，以爲家世尊榮，當有世法則，姿質聰達，當爲人表式；徒修儀貌，飾輿馬，是不貴德也。女遂感而自修……。』依毛詩序所說是『閔莊姜也。莊公惑於嬖妾，使驕上僭。莊姜賢而不答，終以無子，國人閔而憂之。』兩說同以莊姜爲對象而所說的作者立場則大有不同。現在我們可以把作者丟開不提，單就本詩對象說話，若果首章所述的戚黨關係，確係指那一位美而無子的莊姜，那麼這貴婦人的莊姜底女性美，總算被這一位大手筆的詩人描寫得十分充足了。試看：

碩人其頎，衣錦褧衣；齊侯之子，衛侯之妻，東宮之妹，邢侯之姨，譚公維私。

手如柔荑，膚如凝脂，領如蝤蠐，齒如瓠犀，螓首蛾眉；巧笑倩兮！美目盼兮！

碩人敖敖，說于農郊，四牡有驕，朱幩鑣鑣，翟茀以朝；大夫夙退，無使君勞！

河水洋洋，北流活活，施罛濊濊，鱣鮪發發，葭菼揭揭，庶姜孽孽，庶士有朅。

首章是寫伊履歷底偉大的，次章是寫伊玉體底優美的，三四兩章，就幷伊底地位環境，都描寫出來了。

氓，毛詩序說是：『刺時也。宣公之時，禮義消亡，淫風大行，男女無別，遂相奔誘，華落色衰，復相棄背；或乃困而自悔，喪其妃耦，故序其事以風焉，美反正，刺淫泆也。』照本詩意義上看，開初發生戀愛關係底時候，爲男女兩相情願，這是不錯的；但以後反目了，全是男性厭棄女性的；毛公說是復相棄背，這未免寃枉女性方面了。氓之全文說：

氓之蚩蚩，抱布貿絲；匪來貿絲，來卽我謀；送子涉淇，至于頓丘；匪我愆期，子無良媒；將子無怒！秋以爲期。

乘彼垝垣，以望復關；不見復關，泣涕漣漣；旣見復關，載笑載言；爾卜爾筮，體無咎言，以爾車來！以我賄遷。

桑之未落，其葉沃若；于嗟鳩兮！無食桑葚，于嗟女兮！無與士耽；士之耽兮，猶可說也！女之耽兮，不可說也！

桑之落矣，其黃而隕，自我徂爾，三歲食貧；淇水湯湯，漸車帷裳，女也不爽，士貳其行！士也罔極，二三其德！

三歲爲婦，靡室勞矣；夙興夜寐，靡有朝矣！言既遂矣，至於暴矣！兄弟不知，咥其笑矣！靜言思之，躬自悼矣！

及爾偕老，老使我怨！淇則有岸，隰則有泮；總角之宴，言笑宴宴，信誓旦旦；不思其反，反是不思，亦已焉哉！

由第一章看來，開始發生戀愛關係之時，已見出不好的現象；但第二章，伊仍不知覺悟，以滿腔熱愛，傾注於彼蚩蚩之氓，甚至幷伊自己所有體己，都捧送與人，使伊的情人一車載去，以求愛情之圓滿；其實愛情決不是物質代價可以買得來的呀！看第三章底桑喻，伊是大有覺悟了，然而木已成舟，此時悔之已晚。第四第五兩章，是伊深嘗痛苦之後，言雖任如何勞瘁，亦不能落得好下場；時而敍己之長，時而抱怨所天；并謂如此下場，雖同胞兄弟也不能見諒，還要咥其笑矣，眞眞痛煞人也！末章謂，偕老之夢，不但做不成，反要老使我怨。所以思想起當初之言笑宴宴，信誓旦旦，而今全歸泡影！伊之情場失意的狼狽狀態，至此活活顯出，千古之下，當與同聲痛哭也！

竹竿河廣二詩，在文義上完全都是婦女思歸的；但依毛詩序所說，其所思歸的對象，就大不相同了。竹竿序：『衛女思歸也，適異國而不見答，思而能以禮者也。』河廣序：『宋襄公母，歸於衛，思而不止，故作是詩也。』二詩原文如左：

竹竿詩是：

籊籊竹竿，以釣于淇；豈不爾思，遠莫致之。
泉源在左，淇水在右；女子有行，遠兄弟父母。
淇水在右，泉源在左；巧笑之瑳，佩玉之儺。
淇水悠悠，檜楫松舟；駕言出遊，以寫我憂。

河廣詩是：

誰謂河廣？一葦杭之！誰謂宋遠？跂予望之！
誰謂河廣？曾不容刀！誰謂宋遠？曾不崇朝！

竹竿和邶風底泉水和鄘風底載馳，大意相同，不過是爲着禮義等抽象之物所拘束，而不能如願以歸。河廣一詩，若毛詩所言不差，那女性生活上可有一種更特殊的意義了。女子被出而大歸，即己身所出之子，做了國王，自己還是不能回家，這眞是一種奇談！我覺得除非是禮義之邦的古代中國社會，才會有這等有趣之事。

伯兮底意義，前已說過，茲將詩文錄左：

伯兮朅兮！邦之桀兮！伯也執殳，爲王前驅。
自伯之東，首如飛蓬，豈無膏沐？誰適爲容！
其雨其雨，杲杲出日；願言思伯，甘心首疾。
焉得諼草，言樹之背；願言思伯，使我心痗。

這詩底意趣，最堪玩味。首章是敍述伊征東大將的丈夫底資格的，次章所言，就表示出伊對伊丈夫熱愛了。三四兩章底願言思伯，甘心首疾，願言思伯，使我心痗，眞能十足地把女人家底愛情病，暴露出來呀！所謂要想不相思，只有想不思，就是這種意義了。

毛詩序謂：『有狐，刺時也。衛之男女失時，喪其妃耦焉。古者，國有凶荒，則殺禮而多昏會男女之無夫家者，所以育人民也。』因而，詩集傳就說：『國亂民散，喪其妃耦，有寡婦見鰥夫而欲嫁之，故託言有狐獨行，而憂其無裳也。』依三家詩所說：『有狐，閔窮民也。在位君子，憂民饑寒，而圖其衣食焉。』照詩義上說，三家詩所言，似較近理。但婦女再醮一事，在中國古代婚姻史上，是一種重大的問題；就算這詩所述，與本題無關，而毛公所提的再醮問題，也很有研究的價值呀！所以我就不管詩文如何，而承認本詩爲描寫婦女再醮問題的了。原詩如左：

有狐綏綏，在彼淇梁；心之憂矣，之子無裳。

有狐綏綏，在彼淇厲；心之憂矣，之子無帶。

有狐綏綏，在彼淇側；心之憂矣，之子無服。

作用。

木瓜，純粹是一種男女戀愛詩。所謂木瓜瓊琚等物；並非實指其物，而是代表愛情輕重的象徵作用。這話，細玩詩文，就可以了然了。木瓜詩文：

投我以木瓜，報之以瓊琚，匪報也，永以爲好也。

投我以木桃，報之以瓊瑤，匪報也，永以爲好也。

投我以木李，報之以瓊玖，匪報也，永以爲好也。

依愛情原理，解釋本詩，意義非常有趣；假若照毛公『美齊桓公也，衞敗於狄，出處於漕，齊桓公救而封之，遺以車馬器服，衞人得之，而作是詩』底歷史觀念去曲解，那可就嚼蠟無味也。

六　王風

依鄭譜三家詩底次序，王風是當列在國風之末的；他們底理由，就是詩亡然後春秋作底詩經史問題。我們對這問題，本無如何成見，而且現在又不是做考據的工作；所以依舊地和毛詩一樣，把彼列在衞風之後。

王風列詩十篇，其中關於婦女問題的，恰好有二分之一；就是君子于役，君子陽陽，中谷有蓷，以及采葛和大車。依毛序，君子于役君子陽陽和采葛三詩，都與女性無關，但照本詩文義看來，卻是大不其然，我們詳細研究，即可了然了。茲先列表於左：

寫戀愛問題的
- 婦女思征夫……君子于役
- 兩性和諧……君子陽陽
- 相思……采葛
- 抒情……大車

寫貧女生活痛苦的……………………中谷有蓷

君子于役，毛詩序說：『刺平王也君子行役無期度，大夫思其危難以風焉，』這是以本詩爲大夫所作了。其實本詩全文意義，顯然係一婦女渴念伊行役在外的丈夫底歎聲，任何大夫都做不出這種作品來，這是我們應當了解的。我們試讀詩文罷：

君子于役，不知其期，曷至哉！雞棲于塒，日之夕矣，羊牛下來；君子于役，如之何勿思？

君子于役，不日不月，曷其有佸？雞棲于桀，日之夕矣，羊牛下括；君子于役，苟無飢渴？

詩中底語句，有多麽誠懇熱切？什麽大夫，能吐出這等熱意來？世間又那里有這樣女性的大夫？

君子陽陽，毛序說是『閔周也，君子遭亂，相招爲祿仕，全身遠害而已。』其實，就是這幾句話，已竟不通之至了。還不如朱子所說：『此詩疑亦前篇婦人所作，蓋其夫既歸，不以行役爲勞，而安於貧賤以自樂』底一派懷疑話稍近情理呢。請看：

君子陽陽，左執簧，右招我由房；其樂只且！

君子陶陶，左執翿，右招我由敖；其樂只且！

這不是伊底丈夫歸家，和伊共享幸福，閒來無事，相與歌舞自娛底一段情愛和諧的記事麽?至於朱子所疑惑的亦爲前篇婦人所作，那當然是無稽之談：然而無論如何，也拉不上什麽『閔周也』呀。

中谷有蓷一詩，寫古代女性底生活地位，最爲眞切。女賤男貴，自古已然。女性無生活獨立底能力，而智識又劣於男性遠甚．所以女性處處都要受男性支配了。在小康以上的生活環境裏，女性所承受者，還只是精神上不平等的痛苦；若是貧窮之家，那可就連物質上的痛苦，都要壓迫下來了。吃的不能和男性一樣飽，着的不能和男性一樣暖；而勞動方面，卻偏須超過男性數倍以上。若是丈夫是個有良心而定分的人，那還過得去；倘然碰到吃着嫖賭不事生產而性情粗暴的丈夫，那可就不好說了。一切生活責任，都須女人負擔，設若男人一不順意，立時就拿最野蠻的手段對付伊；可憐！以此直接間接被壓迫而死的女子，古今眞不知有多少呢。

試讀本詩全文：

中谷有蓷，嘆其乾矣；有女仳離，嘅其嘆矣！嘅其嘆矣！遇人之艱難矣中谷有蓷，暵其脩矣；有女仳離，條其歗矣！條其歗矣！遇人之不淑矣！

中谷有蓷，暵其濕矣；有女仳離，啜其泣矣！啜其泣矣！何嗟及矣！

暵乾暵脩暵濕等都是拿枯朽的植物作被壓迫幾至死亡的婦女底象徵的。首章底嘅嘆，次章底條歗，三章底啜泣，都是反覆言之的。然而在女性方面無論受如何壓迫，最多也不過是嘅嘆條歗啜泣而已，絕無絲毫之法，去對待所天。看伊底語氣，只是一則曰，遇人之艱難矣，再則曰，遇人之不淑矣，末則曰，何嗟及矣；如此而已，如此而已；一點抗議的話也沒有，別說女對男底革命了！可憐呀！千古被壓迫的女子！

采葛，毛詩序說是『懼讒也，』這種話，簡直是閉着眼睛亂說的。請看：

彼采葛兮！一日不見，如三月兮！

彼采蕭兮！一日不見，如三秋兮！

彼采艾兮！一日不見，如三歲兮！

這和懼讒問題，究竟有什麼關係？采葛采蕭采艾，和采芣苢采蘩采蘋等意義差不多，完全是女性生活底工作。至於一日不見，能有如三月三秋三歲之隔，這除非是男女戀愛間，才會有如此相思底熱念。後世一般社會，常借用於朋友交際間，這簡直是無病呻吟，毫無意味了。

大車，毛詩序說是：『刺周大夫也。禮義陵遲，男女淫奔，故陳古以刺今大夫不能聽男女之訟焉。』這種見解很是曲迂。試問大夫不能聽男女之訟，和本詩全文，有什麼關係？列女傳卷四，息君夫人節謂：『夫人者，息君之夫人也。楚伐息，破之；虜其君，使守門，將妻其夫人而納之於宮。楚王出遊，夫人遂出見息君，謂之曰：人生要一死而已，何至自苦！妾無須臾而忘君也，終不以身更貳醮；生離於地上，豈如死歸於地下哉！乃作詩曰：穀則異室，死則同穴，謂予不信，有如皦日！息君止之，夫人不聽，遂自殺；息君亦自殺，同日俱死。楚王賢其夫人守節有義，乃以諸侯之禮合而葬之。君子謂夫人說於行善，故序之於詩……。』因而有人就指這詩完全爲寫息夫人之作了。實際，照本詩末章看，或者不免有彼此適相吻合之處；但前二章，就沒法曲解了。所以，我們最好還是放棄歷史的觀念，把彼解作男女愛情詩，請讀詩文看：

大車檻檻，毳衣如菼；豈不爾思？畏子不敢！

大車哼哼，毳衣如璊；豈不爾思？畏子不奔！

穀則異室，死則同穴；謂予不信？有如皦日！

照一二兩章底豈不爾思，畏子不敢，畏子不奔說，大概伊還是個有夫之婦。爾是伊底新戀人，子就是伊底本夫；因爲子字在古書上，是常用作第三身代名詞的——而且多是用在應當格外尊重之人底第三身代名詞的。第三章云云，伊就和其新戀人，指天誓日了。若是和伊已成戀愛底愛人，斷不會發出這種話頭，而且已成好事，無其他阻礙者，也不必這樣地說。正惟初戀，才易發生如此地情話。

七　鄭風

在國風中，描寫女性問題的，總算以鄭風爲最充分了——全風二十一篇裏，竟有十六篇之多，——而且這十六詩中，又幾全部都是男女戀愛詩。十六詩，就是：將仲子，遵大路，女曰雞鳴，有女同車，山有扶蘇，蘀兮，狡童，褰裳，丰，東門之墠，風雨，子衿，揚之水，出其東門，野有蔓草，溱洧。

這種認定，在毛詩可就通不過了。毛公認鄭風和男女問題有關之詩，只有雞鳴，丰，東門之墠，出其東門，野有蔓草，溱洧六詩。五經異義，認遵大路，女曰雞鳴，有女同車，丰，東門之墠，子衿，出其東門，野有蔓草，溱洧九詩，爲有關於婦女問題，總算比毛詩開放得多了；但彼將將仲子，山有扶蘇，蘀兮，狡童，褰裳，風雨，揚之水七詩，迸諸男女問題範圍之外，也是不明詩底眞義。說不說的，還是朱子高明，他在詩集傳上，竟把我認定和男女問題有關的十六詩，先我完全而承認；不過他以這詩也爲淫者相謂，以那詩也爲淫奔者之自敍，或人見淫奔之女而作是詩的，全是道學先生底主張。現在逐一研究罷。

將仲子，毛詩序說是『刺莊公也，弟叔失道而公弗制，祭仲諫而公弗聽，故作是詩。』這又是拉着春秋狐糾纏了！其實，依本詩文義，絕無牽扯歷史之可能。試讀：

將仲子兮！無踰我里，無折我樹杞；豈敢愛之？畏我父母，仲可懷也！父母之言，亦可畏也！

將仲子兮！無踰我牆，無折我樹桑；豈敢愛之？畏我諸兄！仲可懷也！諸兄之言，亦可畏也！

將仲子兮！無踰我園，無折我樹檀；豈敢愛之？畏人之多言！仲可懷也！人之多言，亦可畏也！

仲子，就是女對男稱哥兒底意思，就是說：『哥兒呀！你別踰我底里呀！別折我所樹之杞呀……』，很帶一種羞澀嬌喘而活潑多情的姿態；大約伊還是個天真的處子呢。

本詩三章構造相同，而章中意義，最顯曲折；將仲子兮，無踰我……無折我樹……是一個意思，豈敢愛之，畏我……又是一個意思，仲可懷也，是一個意思……之言，亦可畏也，又是一個意思；意思複雜，而情愛純一，文法曲折，而語言婉轉；這種結構，在國風中，算是最超等的作品了。

首章說是怕的父母之言，次章說是怕的兄弟之言，末章又說是怕的人之多言，一個至高尚純潔的戀愛問題，竟有家庭社會種種障礙橫梗於前，致使不能自由無阻，呀！環境——道德，習慣，虛僞，嫉妬……底勢力千古以來，就是如此的呀！

遵大路，毛序謂爲『思君子也，莊公失道，君子去之，國人思望焉。』實不如：『……鄭衛溱洧之間，搴女出桑，故贈以詩曰遵大路兮攬子袪，贈以芳華詞甚妙……（詩古微引宋玉賦）』之說爲近理。本詩說：

遵大路兮！摻執子之袪兮！無我惡兮不寁故也。

遵大路兮！摻執子之手兮！無我魗兮不寁好也。

朱集傳，謂此爲『淫婦爲人所棄……，』也是錯了。既遵大路與其所愛執袪執手，決不至有淫婦被棄之事。所說無我惡兮，不寁故也云云，並不是反目之言，正爲感情濃膩，才可以說出這等嬉笑言語來。

女曰雞鳴，毛公說是『刺不說德也，陳古義以刺今，不說德而好色也，』和本詩眞義，竟成反比了。本詩三章全是寫夫妻感情濃厚底愛情寫實詩，絲毫不帶什麼刺不悅德之意味。試思：

女曰雞鳴，士曰昧旦；子興視夜，明星有爛；將翺將翔，弋鳧與鴈。

弋言加之，與子宜之；宜言飲酒，與子偕老；琴瑟在御，莫不靜好。

知子之來之，雜佩以贈之；知子之順之，雜佩以問之；知子之好之，雜佩以報之。

這能是不悅德而好色麽？首章表現夫妻間底寶愛時間，有多麽戒愼！次三兩章表現伲夫妻間底生活和樂，有多麽幸福，多麽情深悠愛！那里倒有悅德不悅德底意味呀！

有女同車，山有扶蘇，蘀兮，狡童四詩，毛詩序皆指爲刺忽之作；而詩古微引春秋傳，則又謂皆刺文公之詩。這種說法，不過都是拿歷史的觀念作根據的，其實不明文學和史學底界說，而流於附會穿鑿，其所失正復相等；誰是誰非，更是無從說起了。

有女同車之詩說：

有女同車，顏如舜華，將翺將翔，佩玉瓊琚；彼美孟姜，洵美且都。

有女同車，顏如舜英，將翺將翔，佩玉將將；彼美孟姜，德音不忘。

本來，依姓氏底歷史說，凡姜姓之女，皆可稱姜；那來本篇底孟姜，就不一定是某某所妻的齊姜了。非貴族而先祖爲姜姓者之女，亦得稱孟姜；所以本篇同車之女，或者是一位和他戀愛的普通女子，而被他捧爲如何美如何好的美人者，也未可知。

山有扶蘇之詩說：

山有扶蘇，隰有荷華；不見子都，乃見狂且！
山有橋松，隰有游龍；不見子充，乃見狡童！

伊來本是會伊所戀的子都子充的美男子的，現在竟碰到這不相思的狂且狡童了。這樣說，伊是絕對不愛這狂且狡童了，不然不然，女性底愛，是一元而同時又是多元的，伊們除卻愛伊最鍾愛的一元愛人外，其他凡是美度和伊所愛相等的，伊們也是一樣地愛着。女性口中底狂狡，並不完全含着深惡痛絕的拒絕情調，而實含着肉感挑動的汎愛成分。

蘀兮之詩說：

蘀兮！蘀兮！風其吹女；叔兮！伯兮！倡予和女。
蘀兮！蘀兮！風其漂女；叔兮！伯兮！倡予要女。

這詩更加活潑而放情了。叔伯也是女對男底一種稱呼——由這稱呼裏，和伊所要請的倡和裏，也可以見出兩性間底深愛來——因爲初戀者，不會有此。

狡童之詩說：

彼狡童兮！不與我言兮！維子之故，使我不能餐兮！

彼狡童兮！不與我食兮！維子之故，使我不能息兮！

這是邁過熱戀以後底情調了。寫現在底不與我言不與我食足見以前是飲食起居，時時不離的了。維伊所愛，致使不能餐不能息，足見伊對其所愛之狡童者，並沒有絕望；所以這詩只能算是一篇小小的失戀。

褰裳，毛詩序說是：『思見正也，狡童恣行，國人思大國之正己也。』這種說法，可以說是不通之至。鄭箋用韓詩之說，謂：『刺文公用申侯之言背盟事楚也……，』亦覺無甚意味。其實本詩意義，顯然是寫一女子對伊戀人下一個半眞半假的警告的。伊說：

子惠思我，褰裳涉溱；子不我思，豈無他人？狂童之狂也且！

子惠思我，褰裳涉洧；子不我思，豈無他士？狂童之狂也且！

這篇詩，完全是一種假定，並不是已然的事實。伊說：若是子惠思我，我就褰裳渡涉溱洧；若是子不我思，那麼，俺還另有他人呢，這完全是玩笑話。狂童之狂也且一言，是愛的詛咒，不是痛惡的拒絕。

，丰毛詩序說是『刺亂也，婚姻之道缺，陽倡而陰不和，男行而女不隨。』實際和眞義相差很遠。試讀原詩：

子之丰兮！俟我乎巷兮，悔予不送兮！
子之昌兮！俟我乎堂兮！悔予不將兮！
衣錦褧衣，裳錦褧裳；叔兮伯兮！駕予與行！
裳錦褧裳，衣錦褧衣；叔兮伯兮！駕予與歸！

這全是伹們中間底感情關係，和亂不亂等不生問題。俟伊而伊所以不能送不能將者，一定是別有原因；伊之自悔也只是悔的特別原因，意外是恐因此而傷了伹們中間底感情。所以末二章就反覆地說：叔兮伯兮，趕速駕予與行，駕予與歸罷！伊這段話，就是恐怕再有其他原因，阻礙伹們底戀愛。

毛詩序謂：『東門之墠，刺亂也。男女有不待禮而相奔者也。』但韓詩章句說：有踐家室，爲有靖家室；靖善也，言東門之外，栗樹之下，有善人可與成室家也。鄭箋謂此爲女望男來迎己之詞。韓鄭之意，較之毛公，實在高明多了。請看詩原文：

東門之墠，茹藘在阪；其室則邇，其人則遠。

東門之栗，有踐家室；豈不爾思？子不我卽。

第一章底首兩句爲自然派的寫景，次兩句就是本題應有的寫實了。伊之意以爲伊所愛者之室雖近，但其人則遠甚了；並非人不在家，是伹們中間底感情不大好了。第二章意義，略同前章，但伊自己還要先占地步；所以說並不是我不想你，是你不到我這裏來的呀。

風雨，毛韓都說是：『思君子也。亂世則思君子不改其度焉。』其實，本詩眞義，完全是一種戀愛的情調；風雨雞鳴時之思君子者，不是男性的大丈夫；而是女性的佳人。所以，見了君子之後，伊底心情，就不能不夷，不能不瘳，不能不喜了。詩文是：

風雨淒淒，雞鳴喈喈；既見君子，云胡不夷？

風雨瀟瀟，雞鳴膠膠；既見君子，云胡不瘳？

風雨如晦，雞鳴不已；既見君子，云胡不喜？

子衿一詩，可以和東門之墠作一個相對的比例。東門之墠，是女人故意埋怨所愛的；子衿雖也埋怨，但其中，就沒有故意的意味了。看罷：

青青子衿，悠悠我心；縱我不往，子寧不嗣音？

青青子佩，悠悠我思；縱我不往，子寧不來？

挑兮達兮！在城闕兮！一日不見，如三月兮！

毛詩和韓詩，都說這詩是『刺學校廢也』；以相思的情詩，爲刺什麼學校廢學校興的，眞眞好笑！

揚之水較諸子衿，又有一種加味了。子衿所表現的，只有無限的相思；揚之水又對伊所戀之人，推心置腹般地流露伊底純愛。請看：

揚之水，不流束楚；終鮮兄弟，維予與女；無信人之言！人實迋女！

揚之水，不流束薪；終鮮兄弟，維予二人；無信人之言，人實不信！

我們由此，也可以味得出女性底愛的生命了罷！伊無兄弟，當然更沒有其他親愛伊底人了，所以把伊自己底全部生命，都付諸所戀之人說終鮮兄弟，維予與女（維予二人）。伊又害怕伊所愛，不能和伊自己一樣地推心置腹來愛伊，所以又懇切地叮囑道：無信人之言！人實迋女！人實不信！在這場合，伊之所戀假如再要野馬般地不誠心愛伊；我看，伊底前途，只有自殺。

出其東門，是寫一個男子相思他所愛的女子的。章中如雲如荼等字，寫複數的女性美，最有意致。本詩全文是：

出其東門，有女如雲；雖則如雲，匪我思存；縞衣綦巾，聊樂我員。

出其闉闍，有女如荼；雖則如荼，匪我思且；縞衣茹藘，聊可與娛。

縞衣綦巾，依朱子所說，是女服之貧賤者，依三家詩所說，是未嫁女所服，都還說得通。雖則如雲，如荼，而匪我所思之人，就是他所愛者，不是普通的美人，而是別有優美的情人。最末才發表他底眞意，元來是縞衣綦巾縞衣茹藘者。可見得兩性間底主觀的美，不在顏容，而在情感了。

也有是汎戀愛主義的，隨便遇着，就可以發生磁性的接觸。試看野有蔓草之詩罷：

野有蔓草，零露漙兮！有美一人，清揚婉兮！邂逅相遇，適我願兮！

野有蔓草，零露瀼瀼；有美一人，婉如清揚；邂逅相遇，與子偕臧。

汎戀愛主義，大概都是單純的快樂主義——性欲的——家，佢們只圖性欲底滿足，至於愛情是什麽東西，佢們就懂不得了。若是稍稍了解愛情眞義的，那里就能在邂逅相遇之瞬間，適願偕臧起來呢？

溱洧，是一篇表現可以與巴黎花會和日本櫻花節相媲美的自然派寫實詩。毛詩序說：『刺亂也，兵革不息，男女相棄，淫風大行，莫之能救焉』底話，實在是毫無道理。溱洧本文說：

溱與洧，方渙渙兮！士與女，方秉蕑兮！女曰：觀乎？士曰：既且！且往觀乎？洧之外，洵訏且樂；維士與女，伊其相謔，贈之以芍藥。

溱與洧，瀏其清矣！士與女，殷其盈矣！女曰：觀乎？士曰：既且！且往觀乎？洧之外，洵訏且樂；維士與女，伊其將謔，贈之以芍藥。

我們凝神想想罷！這種風俗狂熱的場會，有多麼熱鬧！不但熱鬧，但們男女間，還能顯現出無隔閡的社交性來。本詩前後，只是表現出古代鄭國民族性底自由活潑，並無絲毫諷刺之意味。

八　齊風至秦風

齊風至秦風，其間還有魏風唐風，因爲彼中關於婦女問題底詩，都不甚多，所以我就把四風合攏起來研究了。

齊風之詩共十一篇，關於婦女問題的，爲著，東方之日，南山，敝笱，載驅五篇；魏風之詩共七篇，關於婦女問題的只葛屨一篇；唐風之詩共十二篇，關於婦女問題的，只綢繆葛生二篇；秦風之詩共十篇，關於婦女問題的只晨風一篇。茲依類表解於左：

齊風……
- 寫當代婚姻禮制的……著
- 戀愛詩……東方之日
- 攻擊某貴婦人底行動的……
  - 南山
  - 敝笱
  - 載驅

魏風……描寫婦功的……………………葛屨

唐風……
- 寫新婚之樂的（婚姻問題）…………綢繆
- 寫婦女思征夫的（戀愛詩）…………葛生

秦風……寫女性相思的（戀愛詩）……………晨風

著之詩，是描寫古代齊國底婚禮程式的。毛詩序說是『著，刺時也，時不親迎也。』照本詩義上看，只有各章首句，是講新郎在某某處待新嫁娘的伊來正式行禮的，其餘各句就完全是講裝飾的了。至於親迎不親迎，那怕是歷史的問題罷。本詩原文：

俟我于著乎而，充耳以素乎而，尚之以瓊華乎而。
俟我于庭乎而，充耳以青乎而，尚之以瓊瑩乎而。
俟我于堂乎而，充耳以黃乎而，尚之以瓊英乎而。

東方之日，毛序說是：『刺衰也，君臣失道，男女淫奔，不能以禮化也。』男女淫奔，又加上君臣失道，這是何等好笑？這詩，純粹是戀愛的成分，那里有君臣底關係？試看本文：

東方之日兮！彼姝者子，在我室兮！在我室兮！履我卽兮！

東方之月兮！彼姝者子，在我闥兮！在我闥兮！履我發兮！

首句底日月，不過是因物起興，沒有什麼深義。在我室……履我卽……云云，足見伊們倆底這回關係，還是女性方面先發生衝動底欲求的呢。

南山，毛詩序說是『刺襄公也鳥獸之行，淫乎其妹，大夫遇是惡、作詩而去之。』這段事實，是否確實，我們暫且不管；但以本詩和這段事實相較，卻覺得其中無甚因果連絡的關係。試看：

南山崔崔，雄狐綏綏；魯道有蕩，齊子由歸；既曰歸止，曷又懷止？

葛屨五兩，冠緌雙止；魯道有蕩，齊子庸止；既曰庸止，曷又從止？

蓺麻如之何？衡從其畝；取妻如之何？必告父母；既曰告止，曷又鞠止？

析薪如之何？匪斧不克；取妻如之何？匪媒不得；既曰得止，曷又極止？

這不一定就是刺齊襄公淫乎其妹的，但也不能說不是攻擊某貴婦人底行動並和伊行動有關係底人物的呀！

第一二章責伊歸了庸了之後，就不當有人再懷再從，第三四兩章責伊所天，既經了父母之命媒妁之言娶了伊，就不當再放任伊使伊無所不爲，多半是客觀的語句。

還有敝笱載驅二詩，毛序所說，和南山略同——一謂刺文姜淫亂，一謂刺襄公與文姜淫——終不免是歷史的謬見。而且兩詩所說，不過是齊子歸止，其從如雲（如雨・如水）和魯道有蕩，齊子發夕（豈弟，翺翔，遊敖）等，其中並沒有什麼兩性關係的痕跡；即使有如何底行動，亦只是貴婦人底個人祕密歷史，沒有普通的社會關係，所以我對這兩詩，也不多加研究了。

魏風底葛屨，是寫婦功問題的——而且只是附帶的描寫，婦功並不是本詩底主成分。葛屨全文是：

糾糾葛屨，可以履霜，摻摻女手，可以縫裳；要之襋之，好人服之。

好人提提，宛然左辟，佩其象揥；維是褊心，是以爲刺。

毛詩序，對這詩說：『葛屨刺褊也，魏地陿隘，其民機巧趨利，其君儉嗇褊急，而無德以將之。』中國人——尤其是禮義之邦的古代中國人——向來是不贊成實利主義的，所以看見人家儉樸風氣，伹也要不高興地作起詩來。由本詩第一章看，中國底裁縫業，在古代可以說是女子底專利事業；而女性底纖纖兩手也可以說是裁縫業底專門工具。

唐風底綢繆，是謳歌新婚之樂的作品。毛序說是『刺亂也，國亂則婚姻不得其時焉。』韓詩章句說：篇中邂逅是不固之貌，因而就說這詩是『憂新昏之不久聚也。』其實本詩完全是謳歌愉快的氣分，那麼既是愉快，爲什麼章中還說今夕何夕……如此良人何……呢？不是顯然在言外，還感有什麼缺陷似的麼？這是確不差。但我們要曉得，大凡圓滿都是由無限的缺陷聚合而成的，成了圓滿，那無限的缺陷，轉瞬又相追而至了。本詩底新婚快樂，在快樂以前，不知道經過幾許的變遷，伹們眼角邊底嫣然一笑，其中實隱藏着無限的淚痕；深恐一笑之後，那無限的淚痕，又將傾江倒海而來，把這微弱的嫣然，落花流水般地衝散了。所以伹才說：

綢繆束薪，三星在天；今夕何夕？見此良人！子兮子兮！如此良人何？

綢繆束芻，三星在隅；今夕何夕？見此邂逅！子兮子兮！如此邂逅何？

綢繆束楚，三星在戶；今夕何夕？見此粲者！子兮子兮！如此粲者何？

語句有多麼沉痛？伊們倆底這等愛情，的確是黃金百鍊的精髓，如普通汎戀愛主義者底萍水愛情，是不可以同日而語的呀！

葛生，毛詩序說是：『刺晉獻公也，好攻戰則國人多喪矣。』鄭箋說是：『寡婦悼亡也，獻公好攻戰，國人多喪，其室家能以死自誓。』刺獻公與否，是另一問題，但依本文看來，伊底所天，不見得是已經死過了的。請看：

葛生蒙楚，蘞蔓于野；予美亡此，誰與獨處？
葛生蒙棘，蘞蔓于域；予美亡此，誰與獨息？
角枕粲兮，錦衾爛兮！予美亡此，誰與獨旦？
夏之日，冬之夜，百歲之後，歸于其居！
冬之夜，夏之日；百歲之後，歸于其室！

第一二三各章，觸物興懷，見了葛蒙楚蘞蔓野和伊之角枕粲錦衾爛，無端就想起愛人；想愛人而不至，就立時發生怨慕之情，所以說：予美亡此，誰與獨處（獨息，獨旦？）四五兩章，就是久思不至，又無音信，終至絕望了，然而愛底質量，仍是絲毫不減；所以反覆地說：夏之日，冬之夜，百歲之後，歸于其居，歸于其室！一縷情絲，總可以藉以太之力，突破大自然底種種障礙，和伊愛人底兩極性的一端相接觸了。

秦風底晨風一詩，毛詩序謂爲刺康公，韓詩外傳謂爲思賢士，都不妥當。試讀本詩原文：

鴥彼晨風，鬱彼北林，未見君子，憂心欽欽；如何？如何？忘我實多！

山有苞櫟，隰有六駁，未見君子，憂心靡樂；如何？如何？忘我實多！

山有苞棣，隰有樹檖，未見君子，憂心如醉；如何？如何？忘我實多！

觸物傷懷，反覆詠歎，這明明是女祇懷伊所愛底相思作品，那有什麼刺康公不刺康公，思賢士不思賢士底問題？

九　陳風以下

陳風以下，有檜風曹風豳風。陳風共十篇，其中有關婦女問題的，爲宛丘，東門之枌，東門之池，東門之楊，防有鵲巢，月出，澤陂七詩。檜風四篇和曹風四篇，都沒有關於女性方面底東西。豳風七篇，有關婦女問題的只有七月一詩；而且七月之詩還不是以描寫婦女爲主要目的的，不過於陳述祖業之中，附帶一些描寫農婦生活底語句作其點綴品罷了。茲先作一總括的表解如左：

- 陳風
  - 寫婦女習俗的……宛丘
  - 戀愛詩……
    - 東門之枌
    - 東門之池
    - 東門之楊
    - 防有鵲巢
    - 月出

〔澤陂
〔攻擊某貴婦人的……株林
檜風……
曹風……
豳風……寫農婦生活的……七月

國風中寫女性習俗底狂熱運動的，在鄭風有溱洧一詩；但溱洧所描寫的，只是放情的娛樂欲求，陳風底宛丘，卻又加上一層迷信意味了。原詩說：

子之湯兮！宛丘之上兮！洵有情兮而無望兮！
坎其擊鼓，宛丘之下；無冬無夏，值其鷺羽。
坎其擊缶，宛丘之道；無冬無夏，值其鷺翿。

毛序，謂本詩是：『刺幽公也，淫荒昏亂，游蕩無度焉，』實與本詩無何重要關係。魯詩說是：『刺時也，武王封胡公於陳，妻以元女太姬；婦人尊貴，好祭祀用巫，故俗好巫鬼，擊鼓於宛丘之上，婆娑於枌樹之下，有太姬歌舞遺風……』究竟也只是一種以歷史為根據的推測手段。本詩首章，是寫伊動作底態度活潑的，次三兩章，就有些神祕的氣味了；擊鼓擊缶于宛丘，而值以鷺羽鷺翿，究竟有什麼目的呢？無目的而竟能無冬無夏，不或稍息，大概是有一種迷信問題存乎其間罷！

東門之枌，依韓詩說：『刺時也，太姬無子，好巫覡祈禱鬼神歌舞之事，民俗化之……』這是和宛丘之詩，有連帶的關係了。至毛序則謂為：『疾亂也，幽公淫荒，風化之所行，男女棄其舊業，亟會於道路，歌舞於市井爾』也和宛丘相去不遠。原詩是：

東門之枌，宛丘之栩；子仲之子，婆娑其下。

穀旦于差，南方之原；不績其麻，市也婆娑。

穀旦于逝，越以鬷邁；視爾如荍，貽我握椒。

首二章是寫實，只說子仲之子底婆娑于枌栩之下，並往南方之原，放棄職業，婆娑于市井之中，這不過是狂熱而已。第三章有贈答之誼，文義頗帶抒情，這其中就不無男女的關係了；所以我在前列表解內，不將本詩列於婦女習俗項中，而把彼列入第二項戀愛詩中了。

除東門之枌以外，還有兩東門，就是：一爲東門之池，一爲東門之楊。這兩東門詩，是單純的戀愛詩，沒有別的問題；不過依兩性關係底分際看來，東門之池還不如東門之楊爲深入。試把兩詩列左：

東門之池是：

東門之池，可以漚麻；彼美淑姬，可與晤歌。
東門之池，可以漚紵；彼美淑姬，可與晤語。
東門之池，可以漚菅；彼美淑姬，可與晤言。

東門之楊是：

東門之楊，其葉牂牂；昏以爲期，明星煌煌。
東門之楊，其葉肺肺；昏以爲期，明星晢晢。

依戀愛原理說，顯然東門之池底佢們是一對精神純潔的愛友，東門之楊，就是兩個情意急切性慾之徒了。

防有鵲巢，是對其愛人擔心，怕有人在佢們中間施以離間手段的。戀愛問題中底獨占性，無論男性女性，都是免不掉的。普通所謂吃醋，並不限於一方面，男女兩面，都有吃醋底可能。到了這種場合，往往可以犧牲一切，以圖自身之戰勝，因此而釀成生命交關的，實不可勝數。這裏面研究理性，是研究不出的，但愛之謎底世界，任何英雄好漢，一涉足其中，要想自由回轉，那眞比登天還難呢！這就是人生的第一煩悶，第一苦痛——青年男女苦此最甚。試讀本詩看罷：

防有鵲巢，邛有旨苕；誰侜予美？心焉忉忉！
中唐有甓，邛有旨鷊；誰侜予美？心焉惕惕！

戀愛成功，有吃醋底痛苦，戀愛未成，又有相思底痛苦；時間雖有不同，但痛苦煩悶，卻是分量相等的呀！試看月出之詩：

月出皎兮！佼人僚兮！舒窈糾兮！勞心悄兮！
月出皓兮！佼人懰兮！舒懮受兮！勞心慅兮！
月出照兮！佼人燎兮！舒夭紹兮！勞心慘兮！

何苦來呀！然而世界上底男男女女，除卻呆癡，誰又能不嘗過這種煩悶的滋味呀！沒有男女之愁的煩悶，還能成這世界麼？

又來了！澤陂之詩，也是和月出一樣的看罷：

彼澤之陂，有蒲與荷；有美一人，傷如之何！寤寐無爲，涕泗滂沱！
彼澤之陂，有蒲與蕑；有美一人，碩大且卷！寤寐無爲，中心悁悁！
彼澤之陂，有蒲菡萏；有美一人，碩大且儼！寤寐無爲，輾轉伏枕！

詩人太矛盾了，涕泗滂沱，是幹什麼的？中心悁悁，是幹什麼的？輾轉伏枕又是幹什麼的？還說寤寐無爲呢！這眞是無爲而無不爲了。

株林一詩，依毛詩序說：『刺靈公也，淫乎夏姬，馳驅而往，朝夕不休息焉。』這話果確，也算是一件可注意的問題了。依春秋傳，夏姬是鄭穆公底女兒，嫁給陳靈底臣下夏御叔，靈公與其另一大臣孔寧儀行父和伊通奸，卒爲伊子徵叔所弒。這種行爲殺了也是應得之懲。株林原詩是：

胡爲乎株林？從夏南！匪適株林，從夏南！

駕我乘馬，說于株野；乘我乘駒，朝食于株。

豳風底七月是一篇描寫古代社會生活狀况底寫實詩。毛詩序說是：『陳王業也，周公遭變，故陳后稷先公風化之所由致王業之艱難也。』這篇詩所描寫的，雖然不能說把古代一般社會人生活狀况完全包括，但一部分的——至少是和王業直接生關係的社會人生——社會狀態，總可以拿這詩作代表了。這個雖然不能成爲什麼極高尙的理想世界，可是後世一般謳歌昇平者所認爲中國底烏托邦的，卻正是指的這個。我們且讀本詩全文罷：

七月流火，九月授衣；一之日觱發，二之日栗烈，無衣無褐，何以卒歲？三之日于耜，四之日舉趾，同我婦子，饁彼南畝，田畯至喜。

七月流火，九月授衣；春日載陽，有鳴倉庚，女執懿筐，遵彼微行，爰求柔桑；春日遲遲，采蘩祁祁，女心傷悲，殆及公子同歸！

七月流火，八月萑葦；蠶月條桑，取彼斧斨，以伐遠揚，猗彼女桑；七月鳴鵙，八月載績，載玄載黃，我朱孔陽，爲公子裳，四月秀葽，五月鳴蜩，八月其穫，十月隕蘀；一之日于貉，取彼狐狸，爲公子裘；二之日其同，載纘武功，言私其豵，獻豜于公。

五月斯螽動股，六月莎雞振羽，七月在野，八月在宇，九月在戶，十月蟋蟀，入我牀下；穹窒熏鼠，塞向墐戶，嗟我婦子，曰爲改歲，入此室處。

六月食鬱及薁，七月亨葵及菽，八月剝棗，十月穫稻，爲此春酒，以介眉壽；七月食瓜，八月斷壺，九月菽苴，采荼薪樗，食我農夫。

九月築場圃，十月納禾稼；黍稷重穋，禾麻菽麥，嗟我農夫！我稼旣同，上入執宮功！晝爾于茅，宵爾索綯，亟其乘屋，其始播百穀！

二之日鑿冰沖沖，三之日納于凌陰，四之日其蚤，獻羔祭韭；九月肅霜，十月滌場，朋酒斯饗，曰殺羔羊，躋彼公堂，稱彼兕觥，萬壽無疆！

全詩共八章，首章敍述授衣耕田二事，而婦女所任的，就是饁彼南畝的餉田職務；第二三章所敍述的蠶桑紡績，就完全歸婦女擔任了；第四章以狩獵品奉呈上司，與婦女不發生關係；第五章描寫秋景和準備禦寒底二三瑣屑之事，覺得隆冬將至，于是喟然呼其妻子，入室共享農暇之樂；第七章敍述農隙無事，須先晉京代上司修理宮室，然後方能回家又補茅屋，這當然是男子之職了；但第六第八兩章底大啖瓜菓和飲酒稱壽等事，爲什麽也沒有婦女底份兒呢？可見得婦女在中國古代社會上底生活地位，是只有勞動的生產義務，而沒有享樂的權利了呀！

十　結論

詩經底十五國風，原來存詩一百六十篇，其中經我認爲有關婦女問題的，共計是八十五篇。這就是：

風名	原存詩	有關婦女的
周南	一一	九
召南	一四	一一
邶風	一九	一三
鄘風	一〇	七
衛風	一〇	七
王風	一〇	五
鄭風	二一	一六

齊風	一一	五
魏風	七	一
唐風	一二	二
秦風	一〇	一
陳風	一〇	八
檜風	四	
曹風	四	
豳風	七	一
合計	一六〇	八五

這八十五詩，若再依性質來區別，那就是：最多的爲戀愛問題詩，其次卽爲描寫女性美和女性生活之詩，再其次就是婚姻問題和失戀問題底作品了。今試作一統計表于左：

風名＼篇數＼種別	寫戀愛問題的	寫女性美和其生活的	寫婚姻問題的	寫失戀問題的	寫女性底特殊生活的	攻擊某貴婦人的	寫母性愛的	寫醜惡的家庭的
周南	四	五						
召南	三	五	二	一				
邶風	三		一	五	一		二	
鄘風	二		二		一			一
衛風	二	一		一	二			
王風	四							
鄭風	一六							
齊風	一		一			三		
魏風								
唐風	一		一					
秦風	一							
陳風	六					一		
檜風								
曹風								
豳風								
合計	四三	一一	七	七	四	四	二	一

誘惑女性的	寫再醮問題的	寫貧女生活的	寫婦功的	寫婦女習俗的	寫農婦生活的	合計
						九
						二
						三
一						七
	一					七
		一				五
						六
						五
			一			一
						二
						一
				一		八
					一	一
一	一	一	一	一	一	八五

爲什麽戀愛問題底作品，占最大的數目呢？這就因爲兩性問題，是在人類生活上，占最重要的地位底證據。而且這種問題，在其他古書，如書易等，並不多見，卽有亦不似詩經這般地多；這可見得愈是眞摯普遍的文藝作品，才愈能描寫眞摯普遍的人生。

前表，若依地域的區別來觀察，其中也能發現出一些特殊的意義。王風五詩中，寫戀愛問題的有四篇，陳風八詩中，寫此問題的有六篇，而鄭風十六詩，全部都是戀愛問題。二南二十詩，半數是寫女性美和女性生活的東西，邶風底女性詩，大部又傾向于失戀底方面，這裏邊，究竟是什麼理性呢？

實際說罷，凡一種文藝品底產生，其背面必皆有重要而不可分離的相當背影。詩經國風底背影，最重要而顯明的，就是當代各國民族性底差異。但民族性底成長，亦不是突如其來的。漢匡衡說：『……國風之詩，周南召南，被聖賢之化深，故篤于行而廉于色；鄭伯好勇，而國人暴虎；秦穆貴信，而士多從死；陳夫人好巫，而民淫祀；晉侯好儉，而民畜聚……』這差不多就是全以特殊的人爲底權力，去影響其民族性的了。漢書地理志上說：『……鄭國山居谷汲，土狹而險，男女亟聚會，故其俗淫……』這正好像現在世界各國人稱日本爲賣淫國，是一樣的了。所以，我以爲一國文藝之發生，不但和其民族性，有直接的關係；其他就如一切歷史底長短，文化底高低，疆域底廣狹，政俗底良否，生活底難易……也都有極深切的關係。

十　結論

以文化史說，周召二國，總算是資格最老的了。原來岐周之地，在西歷紀元前一三二七年，文王昌之祖古公亶父已由豳國遷居其地了；到文王昌都豐之後，才把岐周故地分給周公旦和召公奭，這時就有周召二國之名。然而從古公亶父遷居，一直到文王昌受命爲西伯時——西紀元前一一四二——已經又是一百八十五年底長期了。而且在禮樂政教方面旦奭二公又是文王昌底令郎，之中程度最優等的；他們分治其地，當然要大事革新，那時底老百姓，當然也要熙然從風，成爲禮義之邦的衣冠大雅了。因而二南之詩，也都和其社會環象一致，文雅而彬彬有禮；就是描寫兩性間底相思戀愛，也都用些含蓄籠罩的手腕，不似鄭風那樣的天眞活潑。

照武王發大封諸國底順序，第一是周公之魯國，第二是召公之燕國，第三就是康叔底衞國了。衞地本不小，後又吞入武庚底邶國和管叔底鄘國，因成一個極廣大的國土。依解詩者所言，邶鄘雖有風，而實際所描寫的，皆非邶鄘二國底社會背影——全爲衞國之事——那麼，邶鄘二風，也就只的衞風了。邶鄘衞二十六詩中，寫戀愛問題的，共七篇，寫失戀問題的，共六篇，寫婚姻問題的，共三篇，其他共十篇；而且各詩底表現力，較二南各國，放展甚多；對於失戀底痛苦和家庭底醜惡等，也都能盡情地描寫，這大概是衞地近于戀愛自由之域的鄭國底原故罷。照毛詩和三家詩底敍述，邶鄘衞三風底背影皆是衞莊公——西紀元前七五七——或衞宣公——七一八——之時代，那麼三風底年齡，較諸二南至少也要幼小三百五六十歲或四百多歲了。再詩集傳上張子說：『衞國地濱大河，其地土薄故其人氣輕浮；其地平下，故其人質柔弱；其地肥饒，不費耕耨，故其人心怠惰，其人性情如此，則其聲音亦淫靡，故聞其樂使人懈慢，而有邪僻之心也』一段話，也很可以供我們參考。

王風，本可稱作周風，但因某種意義，覺得不好，所以就特別編爲王風了；這種辦法，究竟還是采風者底意思呢？還是樂官底意思呢？還是孔子底意思呢？現在都無從知道。周自西紀元前七七〇年平王東遷洛邑之後，王室底威權，蕩然無存；那時雖說是仍舊號稱天子，但實際正和一九二〇年前後底北京政府一樣，政令不能達于畿內六百方里之外；這種情形，就是稱王風，而其價值也就和其他列國之氣相等了。然而我們要了解，一個歷史較長而且居民衆多的文化集中的大都市，其中人民底性情習慣決不能和新造之邦相同。大凡新造邦之市府或村落，他底民族性，總帶有嚴肅整飭的傾向；老都市中，社會雖腐敗，但一般人民底思想，卻自由放縱的多了。有人說：『大都市，就是萬惡之淵藪，犯罪之源泉，』這話的確不差；但社會愈腐敗，愈能產出思想傑出的人物，證諸事實，這又是屢見不鮮的事呢。現在美國底社會倒整齊，然而一個老子，耶穌，泰戈爾，也產不出，這不是顯而易見的實例麼？王風底社會背影雖不好，但彼產生的文藝作品，卻遠非二南之詩所可比擬呀！

鄭興在西紀元前八百零六年（卽桓公元年），較之衞晉各國，大概遲後三百多年；可是因彼地居中原，和伏羲帝嚳殷湯東周以來，累世據爲重要都會的河南相接近，因此彼底民俗也就和其他各國不同了。男子好馳馬試劍，女子好遊樂社交，這是佢們民族性底共同之點。

齊國是個實業國，奢侈之風，甚於他處；然因地近魯國，所以人民思想上，不能如鄭衞底活潑，至於男女關係底程度，不用說，也不能如鄭國那樣地進化了。

魏唐——卽晉——二國，均偏西部，地瘠民貧，習尙儉樸，生活困難，所以沒有多些人生享樂底作品。並且魏國爲晉國所滅甚早，沒有較長的歷史，魏國底國民性，當然也老早同化於晉俗了。因此，魏詩底氣息，十九都近似晉詩了。昔季札觀樂，爲之歌唐，曰：『思深哉！其有陶唐氏之遺風乎？不然，何憂之遠也！非令德之後，誰能若是？』這也可以代表古人對於唐風底評價，是怎麼樣的了。

秦之歷史本甚長，然爲西陲附庸之國，在先並未得身列諸侯；其得周天子加冕之榮者，實在平王東遷之後。秦之國民性，與當時中原之地不同，所謂：『有車馬田狩之樂，而無燕婉褻情之俗，』就是一個最好的寫生。左傳：『季札聞歌秦曰：此之謂夏聲。』這句話底意思，就是包涵着秦先本無禮樂衣冠之雅，爾後不然了，勇武強猂之民，也竟能同化於華夏底文明；可是畢竟氣質不同，秦聲還是秦聲，不過是披一件華夏之皮罷了；然而我們也不能說他對是秦聲呀，所以就免強地說一句：『此之謂夏聲。』

地理志云：『……武王封胡公于陳，妻以元女太姬；婦人尊貴，好祭祀用巫，故俗好巫鬼，擊鼓于宛邱之上，婆娑于枌樹之下，有太姬歌舞遺風。』這段話，可以算作古陳風俗沿革史了罷。陳地近鄭衛，都是現在河南省境內之地，所以風氣習俗和人民底思想等等，頗多類于鄭衛之處；卽以本書所論列，八詩之中竟有六篇是男女戀愛之作。

檜風曹風，都沒有婦女之詩，因檜爲鄭滅很早，曹又在山東，毗連齊魯，染了些君子之風，當然不能有兩性問題底謳歌者了。豳國是周朝祖先底發祥地，豳風又曾經了周公旦底紛飾，更是不會有鄭衛般地放情的文藝。

國風底次序依左傳季札觀樂底記事是以『周南，召南，邶，鄘，衞，王，鄭，齊，豳，秦，魏，唐，陳，檜，曹』爲次，和毛詩順序不同了。這種次序本是太師舊第，彼太師之意，不過是以邶鄘衞王東都之地爲一類，豳秦西都之地爲一類，鄭齊爲一類，唐魏爲一類，陳檜曹小國爲一類；取其民風相近，初非有大義于其間——詩古微通論王風。但以我們底眼光看來，這樣分類，倒不如依照各風底實質和其背影中底民族性並環境等爲標準的好。譬如二南和豳風，是有特殊歷史的，我們可派他爲一類。邶鄘衞鄭陳王，歷史和疆域都有相關的地方，我們可派他爲一類。齊曹派他一類。秦唐派他一類，魏檜二風，或納入唐鄭二風，或各自獨立，均無不可。

春秋之始——西紀元前七二二——共有魯燕衞鄭晉曹蔡吳陳宋齊秦楚杞許十五國，春秋之終——四八一——加邾滕薛共有十八國，卽史記十二諸侯年表所列，亦尙有十三國。杞許等國，資格較淺，吳越楚距中原較遠，采風之使自來不至其地，他們沒有國風，那是當然的了。

詩經國風底生命，也是一件應注意底問題。二南和豳風，發生于周初，這是不用說的了。邶鄘衞三風，亦當在西紀元前七百年以上。王風底壽命，雖不能指定數目，但平王東遷——七七〇——前後，就是彼底比率，大概也和衛風底年齡，不相上下。依毛序，鄭風或幼于衛風，然至少亦當不在鄭文公之後——西前六二八年。齊風截至齊襄——六八七。魏風無年齡可考，然有唐風作比例，截至晉獻，亦不能出乎西紀元前六百五十年以後。秦至秦穆，陳至陳靈，和晉風相差無多。檜國無歷史，而曹至共公，亦在西前六百多年。總而言之，各風底壽命，雖有長短，而十五國風底共同生命，卻出不了五百歲——由西紀元前一一四二年周初時，至六〇〇年陳靈公時代。這種推定有無錯誤，姑且不論；但到現在，我們又可以說一句國風底文學上底生命，一定要和宇宙底生命，共同永續了。